शिल्पी झा

शिल्पी झा ख़ुद को मूलत: पाठक मानती हैं। पत्रकार रही हैं और फ़िलहाल पत्रकारिता पढ़ाती हैं। पटना विश्वविद्यालय से अर्थशास्त्र में स्नातक और भारतीय जनसंचार संस्थान, दिल्ली से पत्रकारिता करने के बाद करियर की शुरुआत साल 2000 में 'आजतक' से बतौर बिज़नेस रिपोर्टर की। कुछ साल वॉशिंगटन में 'वॉइस ऑफ़ अमेरिका' की हिन्दी सर्विस में बतौर अंतरराष्ट्रीय प्रसारक काम किया। भारत लौटने पर पत्रकारिता शिक्षण से जुड़ीं। इन दिनों बेनेट विश्वविद्यालय के टाइम्स स्कूल ऑफ़ मीडिया में टीवी पत्रकारिता और मीडिया शोध की प्रोफ़ेसर। ब्लॉग संग्रह 'मन पाखी' 2020 में प्रकाशित हुआ। कुछ कहानियाँ पत्रिकाओं और ई-पत्रिकाओं में प्रकाशित। 'सुख के बीज' इनका पहला कथा-संग्रह है।

सुख के बीज

शिल्पी झा

प्रथम संस्करण: 2023

ISBN: 979-8-88883-948-5

मूल्य: ₹ 185

प्रकाशक: प्रतिबिम्ब, नोशन प्रेस का उपक्रम
संपर्क: नोशन प्रेस,
7, मांटिएथ रोड
एग्मोरे, चेन्नई, तमिलनाडु – 600008

Sukh ke Beej
Short Stories by Shilpi Jha

पापा को,

जिनके पास शब्द कम थे लेकिन उनमें समाहित
दर्शन पाथेय बना रहा।
जब से गए, एक क्षण को भी अलग नहीं हुए।

अनुक्रम

किरदार

वह पहली रात के बाद की सुबह थी। आँखें खुलने पर कई मिनट तक आलोक कमरे के एक-एक कोने को और अपने शरीर के एक-एक हिस्से को महसूस करने की कोशिश करता रहा।

पूरी तरह खिंचे परदे सुबह होने का एहसास दिला रहे थे। बिस्तर की दूसरी ओर की चादर एकदम सीधी थी और तकिया ऊपर की ओर सीधा। रात की सारी सिलवटें मिटाकर पारुल वॉशरूम में थी शायद। कमरे के सन्नाटे में शावर की आवाज़ एक तरह से गूंज रही थी।

उसने ख़ुद को भी एकदम सीधा लेटा हुआ पाया, एक हाथ सिर के पीछे और दूसरा मोड़कर छाती पर रखे। ओढ़ने की चादर भी एकदम तरतीब से कमर से थोड़ी ऊपर बिना सिलवटों के पड़ी थी। जैसे वह सोया नहीं था, सोने की मुद्रा में फ़ोटो-सेशन के लिए लिटाया गया था। अपने अगल-बगल इतनी तरतीब देखकर उसे थोड़ी उलझन हुई। उसने चाहा कि थोड़ा तिरछा होकर सो ले, चादर को जांघों के बीच फंसाकर सिराहने का तकिया बिस्तर से बाहर लटका ले या फिर तकिए को हर रोज़ की तरह नीचे पड़ी अपनी चप्पल पर पूरी तरह गिरा ही ले। फिर उसने अपना मन बदल लिया और पिछली रात की यादें समेटने लगा। रात को याद करते ही उसे पूरे शरीर में झुरझुरी हो आई।

कैसी उजास भरी रात थी, जैसे कई बार के रिहर्सल का नतीजा हो। कोई बेफ़िक्री नहीं, खिलंदड़पन नहीं, कोई अनाड़ीपन भी नहीं। उन्होंने औपचारिकता में वक़्त भी नहीं गंवाया।

उसकी नंगी पीठ पर ऊपर से नीचे की ओर आती पारुल की हथेलियों का दबाव एकदम सधा हुआ था। जैसे किसी ने पहली बार में ही वाद्य-यंत्र के सभी तारों को साध लिया हो। पारुल का बदन भी उसी तार की तरह कसा हुआ था, हल्की छुअन से झंकृत हो उठने को आतुर। उसका पूरा शरीर पारुल की रची सिम्फ़नी पर झूम रहा था लेकिन आनंद के अतिरेक में भी दिमाग़ से बार-बार बस एक ही नाम संप्रेषित होकर उसकी जुबान तक पहुंच रहा था, 'नैना, नैना, नैना....' उसे लगा, किसी भी कराह के साथ वह नाम उसके होंठों से फिसलकर रात को बेरंग कर सकता है। इस डर से उसने अपने होंठ कसकर भींच लिए और नज़र भरकर पारुल के चेहरे को देखने की कोशिश की। पारुल के होंठ तो उसके शरीर की हलचल से संगत हो रहे थे लेकिन उसने अपनी आँखें कसकर बंद कर रखी थीं। आलोक ने बड़ी मुश्किल से अपनी हँसी रोकी। उसके मन में आया, वहीं रुककर पारुल को पूछ ले, 'सुनो, तुम ये मुंदी पलकों के पीछे किसी और को देखने की कोशिश कर रही हो या किसी चेहरे को भूल जाने की?'

वह पूछ भी लेता शायद अगर उसी पल पारुल अपने पैरों को उसके पैरों से लपेट नहीं लेती। वह बहुत सारे वाद्य-यंत्रों की आख़िरी और सबसे ख़ूबसूरत सिम्फ़नी का निमंत्रण था और आलोक ने ख़ुद को उसकी संगत में डूब जाने दिया।

हाथ में बस एक गीला तौलिया लिए पारुल नहाकर बाहर निकली। उसने अपनी साड़ी पिन कर रखी थी। बाल पूरी तरह संवरे और मेकअप सही अनुपात में। उसे याद आया, इस नए घर में, जहाँ

वह कुछ ही समय पहले शिफ़्ट हुआ था, बाथरूम काफ़ी बड़ा और ड्रेसर के साथ था। उसे अपना नया घर अचानक बहुत अच्छा लगने लगा। यह सोचते वक़्त वह लगातार पारुल को देख रहा था। पारुल उसे यों देखता देख हल्का-सा मुस्कराई और बिना कुछ कहे कमरे से बाहर निकल गई। पारुल की यह बात उसे अच्छी लगती थी। वह बस होंठों से मुस्कराती थी। जवाब में उसे भी अपनी मुस्कराहट आँखों तक लाने की कोशिश नहीं करनी पड़ती।

बाथरूम में पहले से रखे लैवेंडर रूम फ्रेशनर के अलावा कोई और ख़ुशबू नहीं थी। उसे पता नहीं चल पाया कि पारुल ने कौन-सा साबुन और कौन-सा परफ़्यूम इस्तेमाल किया था। वह समझ नहीं पाया कि इस बात से उसे ख़ुश होना चाहिए या उदास। इस उलझन में वह बड़ी देर तक नहाता रहा। तैयार होकर हॉल में आया, तो सब अपनी चाय के कप ख़ाली कर चुके थे।

गाँव से आईं बड़ी माँ पारुल को अपनी बग़ल में बिठाकर दोनों हाथों से असीस रही थीं, 'सौभाग्यवती रहो। किसी तरह के ख़राब विचार मन में नहीं लाना दुल्हिन, पार्वती भी तो भगवान शिव की दूसरी पत्नी थीं। फिर भी देखो उन्हें ही मिला शिव के साथ गृहस्थी का सुख, सब गौरी-सा अखंड सौभाग्य ही तो माँगते हैं।'

पारुल की पहली शादी की बात, ज़ाहिर है, माँ ने बड़े जतन से बड़ी माँ से छिपाकर रख ली थी। उसने अपना ध्यान भटकाने के लिए चाय का कप उठा लिया। घर में हर ओर सतर्क गहमागहमी थी, जैसे सब पहले से तय किए गए रोल्स को निभाने की बख़ूब कोशिश कर रहे हों। आज-आज की बात थी वैसे भी, कल तक ये सब यहाँ से जानेवाले थे।

अपर्णा ने इस बार पूरी बागडोर अपने हाथों में ले रखी थी, माँ को उसके उतावलेपन के लिए झाड़ पिलाकर, नए ज़माने के हिसाब से ख़ुद को ढालने की नसीहत देकर। ये अपर्णा का ही प्लान था कि शादी की रस्में उनके गृह-नगर में ना होकर दिल्ली से हों, जहाँ कम-से-कम रिश्तेदार पहुँच सकें। उसने अपने ससुरालवालों को भी पूरे आयोजन से भरसक दूर ही रखा था। आलोक को ख़याल आया कि ज्ञान की ये बातें अगर किसी ने माँ को नैना के वक़्त सिखाई होतीं तो? अगर पहले की दिल्ली यात्राओं में हर बार नैना की बेपरवाही को लेकर माँ की शिकायतों की फ़ेहरिस्त इतनी लंबी नहीं होती जाती तो?

उस एक क्षण में उसके हर अंग ने जैसे विद्रोह कर दिया। उसे लगा कि बड़ी माँ ने पारुल को पार्वती बनाने के साथ उसे ज़बरदस्ती शिव बना दिया है और इस समय या तो वह सारा-का-सारा ज़हर उगलकर सब कुछ जला देना चाहता था या सब गटककर ख़ुद नीला पड़ जाना चाहता था।

ख़ुद को संयत करने के लिए उसने पारुल के ब्लाउज़ से नीचे झांकते पेट पर अपनी नज़रें जमा दीं। बड़ी देर तक उस एक जगह देखते रहने के बाद भी उसे कोई सिहरन नहीं हुई, ना दिल में कुछ हुआ। जैसे उसकी चाहना किसी तिलिस्म में बंद हो गई हो, जो अपने समय से ही खुल पाएगी। लेकिन उसका यों घूरना रिश्ते की एक भाभी को नज़र आ गया और कमरे में फैली हँसी की फुलझड़ियों ने उसका रहा-सहा सुकून छीन लिया।

रात को बिस्तर पर उन दोनों ने फिर से नई धुन बनाई और उसके शरीर से उठती तरंगों ने मन के सभी सवालों को ताले लगा दिए। अगली सुबह सभी रिश्तेदारों को समेट माँ इस गर्व से वापस गई कि उसने अपने बेटे का घर फिर से बसा दिया। घर की सुगढ़

बसावट हर कोने से नज़र भी आती थी, आलोक को लगा, अब उसे बस मन को फिर से बसाने के तरीक़े ढूँढ़ने थे।

पारुल एक प्राइवेट यूनिवर्सिटी में पढ़ाती थी। सुबह उसके साथ निकलती और शाम उससे बहुत पहले लौट आती थी। आलोक को घर हमेशा साफ़-सुथरा मिलता, इतना कि कई बार फ़र्श पर चलने में उसे गंदगी फैलाने की शर्म महसूस होती। पारुल अक्सर अपने साथ ताज़े फूल ले आया करती, जो डायनिंग टेबल पर रखे वास में सजे रहते। लिविंग रूम की टेबल पर टी लाइट जलती रहती। ख़ाली घर में दोनों ने अपनी पसंद के कोने और काम ढूँढ़ लिए थे। सुबह पारुल किचन में व्यस्त रहती, तो वह पानी की ख़ाली बोतलें भरकर फ़्रिज में रख देता। बालकनी में टंगे मनी प्लांट और बोगेनवेलिया की लताओं को पानी दे देता। अपने गंदे कपड़े तरतीब से उठाकर वॉशिंग मशीन में डाल देता। दोनों मुस्कराते हुए साथ में नाश्ता करते और अपने बैग पकड़ काम के लिए निकल पड़ते।

रात बेडरूम में पहुँचते ही दोनों की हसरतें जैसे किसी तिलिस्मी चाभी से खुल जातीं। फिर उनकी डिक्शनरी के बचे-खुचे शब्दों की ज़रूरत भी ख़त्म हो जाया करतीं। रात भर उसका एक-एक अंग पारुल के स्पर्श से जागता रहता, सुबह होते ही वह फिर से एकेरियम की मछलियाँ बन जाते, दूसरे के प्रवाह में बिना कोई दख़लअंदाज़ी किए बचकर निकलते जाते।

आलोक समय से आगे निकल जाना चाहता लेकिन वृत्त में बंधा समय उसे बार-बार यादों के उन्हीं गलियारों से ले गुज़रता है। हर बार सुई उस एक सेकेंड पर आकर रुक जाती है, जहाँ वह चाहता तो शायद अपनी सारी इच्छाशक्ति जुटाकर नैना को जाने से रोक सकता था। पता नहीं, इस इंतज़ार में वह ठिठकी थी या नहीं या शायद उसने पीछे मुड़कर भी देखा हो।

उस एक दिन को जाने कितनी बार जिया है उसने। जितनी बार सांस लेता है, नैना का दरवाज़ा पटककर बाहर निकलना याद आता है। जितनी बार आँखें बंद करता है, एक हाथ बढ़ाकर उसे रोक लेता है। वह रह जाती है लेकिन फिर किसी वजह से उसे छोड़कर जाने के लिए। नैना के आख़िरी बार निकल जाने की याद एक ज़िद बनकर उसके दिल-ओ-दिमाग़ से चिपक गई थी। उसे निकालने की कोशिश करना उसका शगल बनता जा रहा था। जैसे ही याद दिल से दूर होने लगती, आलोक फिर से किसी बहाने से उसे अपने पास बुला लेता ताकि फिर से उसे दूर करने की कोशिश करता रह सके।

नैना जंगली फूल थी, कहीं भी किसी भी मौसम में खिल आने को तत्पर। गमले की निश्चित गोलाई उसे मनहूस लगती थी। वह पहाड़ी झरना थी, जिसे किसी भी हाल में नदी नहीं बनने की ज़िद थी। दुनिया में बस वही थी, जो उसे टूटकर प्यार कर सकती थी लेकिन उसका प्यार बाढ़ का उफनता पानी था, जिस पर बांध बनाने की कोशिश बेज़रूरत थी। शादी के बाद वह उसके साथ एक ऑर्गनाइज़्ड गृहस्थी के सपने देखता रहा और नैना पारे की तरह फिसलती चली गई उसके हाथों से।

वह हर रोज़ नैना को अपने वजूद से थोड़ा और खुरचकर निकालने और पारुल को उसके ऊपर चस्पां करने की कोशिश करता रहता, जैसे पलस्तर उतरी दीवार की बदसूरती को कोई सुंदर पोस्टर चिपकाकर ढकने की कोशिश करता है।

अक्सर सहनशक्ति जवाब दे जाती, तो उसका मन करता पारुल को झकझोर दे, 'सुनो, बस हो गया, बहुत खेल लिया घर-घर, चलो अब फिर से जीना शुरू करते हैं। आओ हम एक-दूसरे की ज़िंदगी की किताबें पलटें, ख़ाली पन्नों पर अपनी पसंद की इबारतें लिख लें,

काले पन्नों को फाड़ कर फेंकने में मदद करें। एक बार चीख लेने दो मुझे खुलकर। तुम भी उसमें शामिल हो जाओ, चलो हम अपने उजास के साथ अपने अंधेरे भी बांट लें।'

एक बार, बस एक बार, वह पारुल के सामने अपने मन को भी अनावृत्त कर देना चाहता था लेकिन जाने क्यों, हर बार कोशिश करने से पहले ही वह फिर से समझदार हो जाया करता। समझदारी की यह घुट्टी शायद पारुल भी पीकर उसकी ज़िंदगी में आई थी, उसकी नपी-तुली मुस्कराहट में अतीत की एक भी परछाईं नज़र नहीं आती थी।

पारुल का बर्थडे आ रहा था। शादी के दौरान इतने तरीक़ों से, इतने लोगों से उसने यह बात सुन रखी थी कि पारुल सितम्बर की तीस तारीख़ को तीस साल की हो जाएगी कि भूलने का सवाल वैसे भी नहीं था। फिर भी उसने अपने फ़ोन में एक दिन पहले का रिमाइंडर डाल रखा था। केक और बुके भी ऑर्डर कर दिए थे। भूल जाता, तो भी शायद कुछ नहीं कहती पारुल, नैना नहीं थी वह, जो उसकी वैन ह्युसेन की सफ़ेद नई शर्ट पर लाल लिपस्टिक से हैप्पी बर्थडे टू मी लिखकर खिड़की पर टांग दे और बाहर का दरवाज़ा खुला छोड़ जॉगिंग के लिए चली जाए।

कुछ हफ़्तों बाद संडे शाम की रस्मी डिनर आउटिंग से लौटते समय पारुल ने केमिस्ट की दुकान पर गाड़ी रुकवाई और प्रेग्नेंसी किट ख़रीद लाई। अगली शाम चाय पीते वक़्त पारुल ने उसे ख़बर दी कि किट ने दो लाल लकीरें दिखाई हैं और उन्हें किसी गायनेकोलॉजिस्ट से मिल लेना चाहिए। आलोक ने तत्परता से उसे बाहों में लेकर किस किया क्योंकि उसे लगा, इस ख़बर पर उसे ऐसे ही रिएक्ट करना चाहिए था। फिर उसे फ़ोन की तरफ़ हाथ बढ़ाते देख पारुल ने सलाह दी कि बिना डॉक्टर से मिले उन्हें

यह ख़बर हर किसी को नहीं बतानी चाहिए। उसने अच्छे पति की तरह बात मान ली। उसके बाद वह देर रात तक लैपटॉप खोलकर अपनी हेल्थ इंश्योरेंस पॉलिसी की डीटेल्स, आसपास की गायनेकोलॉजिस्ट्स और अस्पतालों की लिस्ट, प्रेग्नेंसी के दौरान ज़रूरी एहतियातों की जानकरी जैसी चीज़ें जुटाता रहा।

'आई लव यू' शरीर के उद्वेलन को एक क्षण के लिए दिल में महसूस करते हुए अगली सुबह उसने जैसे ऑटो पायलट मोड में पारुल से कह दिया।

'लव यू टू' ठहरी नज़र से उसे देखते हुए पारुल ने हौले-से उसके बाल सहलाए और गाउन संभालती किचन की ओर चली गई।

'मुझे नहीं पता, मैं तुम्हें कितना प्यार करती हूँ लेकिन इस वक़्त जो मैं तुम्हारे लिए महसूस कर रही हूँ, प्यार के नाम पर जितने भी जुमले गढ़े गए हैं, वे सब मिलकर भी उसे बयाँ नहीं कर सकते।' कभी नैना ने कहा था।

उसने महसूस किया कि नैना की याद अब स्विस कुकू क्लॉक की चिड़िया की तरह आती है, अपने वक़्त से बाहर निकलकर समय का घंटा बजाने भर के लिए। फिर वह अपने आप उसकी यादों के तहखाने में चली जाती है। वह समझ गया, ज़िंदा रहने के लिए उसे नैना की यादों के साथ छुपा-छुपी का यह खेल खेलते रहना होगा।

शाम को वह दफ़्तर से जल्दी लौटा। डॉक्टर का अपॉइंटमेंट उसने ले रखा था। पारुल के लिए लाल कार्नेशन का बुके लेते वक़्त जाने क्या सोचकर मोगरे का एक गजरा भी ले लिया। घर पहुँचा, तो पारुल लिविंग रूम में टी-लाइट जलाकर रख रही थी। उसके हाथों में फूल देखकर मुस्कराई।

आलोक को हँसी आ गई। उसे यक़ीन हो गया कि यह शादी चलती रहेगी हमेशा। अब वह पूरी तरह पति के किरदार में आ चुका था। अगले ही सेकेंड उसकी सांस घुटने लगी। उल्टे मोज़े सोफ़े पर और जूते कार्पेट पर छोड़ वह तेज़ी से बालकनी में निकल गया।

शुगर डैडी

गाड़ी से एक पैर बाहर रखते ही हथेलियाँ पसीने से तर हो गईं। नवम्बर का महीना, ना गर्मी ना उमस। मिसेज़ मेनका शर्मा ने पर्स से पहले रूमाल निकाला फिर कॉम्पैक्ट का डब्बा और सबसे आख़िर में वह पर्ची, जिसपर अधकचरी अंग्रेज़ी में पता लिखकर लल्लन उनके हाथों में पकड़ा गया था। उस वक़्त तो उन्होंने काग़ज़ का वह टुकड़ा बड़ी उदासीनता से मुचड़कर मुट्ठी में भर लिया, जैसे लल्लन की बातों पर पूरा अविश्वास हो। लेकिन वह मुँहलगा ढीठ ड्राइवर बीवी-बच्चों की क़समें खाने को तैयार था, 'मधुरवा का सप्पथ खाते हैं सरकार, चार बेर वह हमरे गाड़ी में आई है, बेटिया भी हमेशा साथ में रहती है। पिछला महीना साहब बंबई भी माँ-बेटी के साथ गए थे। उसका तो कॉलेज में नाम भी लिखवाए हैं साहब।'

बाएँ हाथ की तर्जनी उठी और लल्लन समझ गया कि उसे बरजा जा रहा है। पुराना घाघ नौकर था लल्लनवा, अंदर-ही-अंदर हँसा, 'उप्परवाला का बही-खाता में कोनो गड़बड़ नहीं।'

एक समय इन्हें और साहब को भी वैसे ही गाड़ी में घुमाया है। तब चिड़ैया टाल के पीछे क़ार्टरों के बाहर सिर झुकाकर खड़ी रहती थी। रोज़ सुबह साहब के साथ वहाँ से गाड़ी में बिठाकर बेली रोड पर खादी भंडार में उतारता और फिर साहब को उनके ऑफ़िस। शाम आठ बजे उसका काम उनको खादी भंडार से उठाकर साहब के नए ऑफ़िस पहुँचाने का था, जिसके बाद गाड़ी और चाभी साहब के हवाले कर उसे घर जाने की अनुमति मिल

जाती। उन दिनों यह शिफ़ॉन की रंग-बिरंगी साड़ियों, मोतियों के महंगे सेट और करीने से ब्लो ड्राई किए बालों को पीठ पर लहराती मिसेज़ शर्मा थी भी कहाँ! सूती साड़ी, सामने लटकती मोटी चोटी, छोटी काली बिंदी और दाईं कलाई में काली बेल्ट वाली घड़ी। बस आँखें जाने कैसे आत्मविश्वास से चमकती रहतीं। मीरा पांडे गाड़ी में सिर झुकाए ऐसे बैठती जैसे कॉन्वेंट स्कूल में पढ़ रही नौवीं-दसवीं की लड़की हो। साहब की बड़की बचिया भी तो उस समय सातवीं-आठवीं में ही पढ़ती थी।

पते को एक बार और पढ़कर उन्होंने पर्स में रखा और जैसे अचानक कोई काम याद आ गया हो, कड़कती आवाज़ में ड्राइवर को मौर्या लोक ले चलने का आदेश दिया। संगम साड़ी का मैनेजर उनको देखते ही हाथ जोड़े उठ खड़ा हुआ, 'अरे हम कल्ले याद किए थे आपको, बनारस से तीन पेटी पहुँचा है, प्राइस भी नहीं लगाए हैं अभी। अरे मिसरा जी बनारस वाला बक्सा खोलिए पहिले, अरे सिल्क नहीं पहनती मैडम, शिफ़ॉन दिखाइए इनको।'

मिश्राजी नए थे शायद। अचानक अवतरित हुई हाई प्रोफ़ाइल कस्टमर को देखकर अचकचा गए। काठ के बक्से की सील दो हत्थड़ मारकर खोलने लगे।

एक-दो बार में कौन पहचान पाता है कस्टमर को। मिसेज़ मेनका शर्मा ने मुस्कराने की कोशिश की, कई बार याद दिलाना पड़ता है कि नहीं।

'ज़री किनारेवाली साड़ी दिखाइएगा, सिल्क में, ना-ना सूती-खादी कहाँ ख़रीदते हैं हम।'

दोपहर बाद के उनींदे खादी भंडार को अपनी ठहरी गंभीर आवाज़ से गुंजाकर घनी मूँछों वाला पुरुष जैसे आँखों-ही-आँखों में उसका

उपहास उड़ा रहा था। पसीजने लगी थी उस आवाज़ से मीरा पांडे। अपनी सूती साड़ी में सिकुड़ी, चोटी को पीछे कर साड़ियों का गट्ठर बाहर निकाल टेबल पर रखा।

'लाल छोड़ दूसरा रंग दिखाइए ना, लाल-गुलाबी तो हम पिछला हफ़्ता ही ले नहीं गए थे, आप ही तो थीं यहाँ कि नहीं।'

'आप कलर बता दीजिए, हम निकाल देंगे।' उसने गट्ठर वापस रखकर सरकारी बेरुख़ी दिखाने की कोशिश की।

'अब हम जेन्ट्स लोगों को पता होता रंग का, तो बार-बार दुकान थोड़े ना दौड़ते।' कस्टमर इस बार ठहाकों में हँसा तो जैसे कई बादल ज़ोर से टकराए।

'एक बार अपने कंधे पर डालकर दिखा दीजिए ना, अंदाज़ा हो जाएगा हमको भी कि क्या जंचेगा।'

झिझक छोड़ मुस्कराई मीरा पांडे और ज़री बॉर्डरवाली तीन नीली मोरपंखी साड़ियाँ बिलिंग काउन्टर पर रख आई।

ऐसे पति भी होते हैं दुनिया में, पसंद आए तो तीन-तीन साड़ी एक साथ। कौन जाने, बड़ा परिवार होगा साहब का, चोटी वापस आगे लटका कुर्सी में धंस गई। लेकिन बादलों के टकराने से जो बिजली कौंधी उस रोज़, वह दिल में हूक कर गई।

दसवें दिन बिजली फिर चमकी, इस बार रात आठ बजे। मैनेजर साहब छुट्टी पर थे, कैशियर बाबू को हिसाब मिलाते-मिलाते देर हो गई थी। गाँधी आश्रम से आई एक मैडम काली बॉर्डर की दो साड़ियों के चक्कर में हैंडलूम का पूरा रैक काउंटर पर फैला गई थीं। उसे समेटने में फूली साँस को संयत करती मीरा पांडे ने पानी

की बोतल मुँह से लगाई ही थी कि बेवजह हँसने की आवाज़ ने हाथ हवा में रोक लिए।

'का तिवारी जी, लगता है ख़ूब बिक्री हुआ है आज। चलिए हम थोड़ा काम और बढ़ाते हैं। मैडम भी यहीं हैं आज तो, ज़री बार्डर में पीला-नारंगी में कुछ हो तो दिखाइए ना। उस दिन वाला साड़ी सब तो हिट हो गया।'

'अब तो रजिस्टर बंद करने का टाइम है, आप कल आइएगा सर।'

'का मैडम, कस्टमर को कोई वापस भेजता है क्या, आप लोग ऐसे ही सरकारी दुकान का लुटिया डुबा रहे हैं। दो साड़ी के लिए क्या मंत्रीजी को फ़ोन मिलाना होगा। अभिए मिलकर आए हैं, उन्हीं के साथ मीटिंग में तो देरी हुआ है।'

कैशियर साहब ने रजिस्टर बंद करने से पहले खाते में पाँच और साड़ियाँ दर्ज कीं और शटर गिराकर साइकिल पर निकल गए।

'किधर तक जाना है, चलिए ना, हम छोड़कर आते हैं। अब मेरे कारण देरी हुआ है, तो कुछ तो सेवा का मौक़ा दीजिए।' बोलनेवाले की आँखें और आवाज़ दोनों अवरोह पर थे। आधे घंटे पहले के रुआब से बिलकुल अलग। टैंपू का इंतज़ार करती मीरा पांडे के टखने जवाब दे रहे थे। बाएं पैर की चप्पल में दो दिन पहले ठुकवाई कीलें बार-बार चुभ रही थीं। घर पहुँचने पर माँ और चाचा के सवाल अलग झेलने थे। इस बार चाचा उसका जवाब सुने बिना टलनेवाले नहीं थे। पिछले चार दिन में दोनों उसके सामने सारे हथियार आज़मा चुके थे। कुएं से निकलकर खाई में पटके जाने की कल्पना से ही उसका सारा शरीर पसीने से तर हो गया।

फ़िएट सिएलो की खुली खिड़की से आती एसी की ठंडी हवा को मना नहीं कर पाई मीरा पांडे।

उत्साही मिश्राजी बक्से से बनारसी शिफ़ॉन और ऑरगेंज़ा का ढेर खड़ा कर चुके थे। काउन्टर की दूसरी ओर मिसेज़ मेनका शर्मा ने सनग्लास सिर पर चढ़ा मुट्ठी भर कर साड़ियों को हथेली में तौलना शुरू किया। सुनहरी ज़री और बूटों के बारीक काम पर हाथ फिराते-फिराते दिमाग़ आगे की योजना बना चुका था। गुड़ देखते ही मक्खी की तरह भिनकनेवाली ऐसी औरतों को मसलने का तरीक़ा उन्हें ख़ूब पता था।

पचास हज़ार के बिल पर क्रेडिट कार्ड का पिन डालने के बाद सनग्लास जब वापस आँखों पर आया, तब तक हथेलियों का पसीना सूख चुका था। चेहरे पर वही आत्मविश्वास वापस आ गया। वैसे भी देर करने का मतलब नहीं था, शर्माजी को कल ही वापस आना था दुबई से। पति को तलब करने से पहले इस गुब्बारे में सुई चुभाना ज़रूरी था।

बिल्डिंग कई साल पुरानी थी, पेंट की सख़्त ज़रूरत की गुहार लगाती।

'तो टाट की आड़ में रंगमहल चला रहे शर्माजी, पुरानी आदत नहीं गई।' मिसेज़ मेनका शर्मा के होंठ घृणा से तिर्यक हुए। तीसरे माले पर दरवाज़े तक पहुँचकर हाथ सेकेंड भर को रुका, फिर लकड़ी की छोटी तख़्ती पर नज़र गई, 'सुप्रिया सिंह।' उन्होंने पूरी ठसक से कॉल बेल बजा दी। जवाब में बाटिक प्रिंट का साधारण सूट पहने जिस औसत क़द-काठी की औरत ने दरवाज़ा खोला, उसे देखकर मिसेज़ शर्मा को बिना लड़े फ़तह का आभास हो आया। एक बार खटका भी हुआ, कहीं ग़लत-सलत तो नहीं

बकता रहा लल्लन। इस औरत के पीछे इस उम्र में मिट्टी ख़राब कर रहे शर्माजी।

फिर अगले सेकेंड क्रोध और अवश बेबसी ने जीभ को जकड़ लिया। इतने वर्षों की कंडीशनिंग के बाद भी ग़ुस्से में सुहाग छीनने और पति बांटने जैसे दो-तीन जुमले ही ज़बान से फिसले।

'आप ग़लत देहरी पर सिर पटक रही हैं, आपके ये डायलॉग मुझसे मुख़ातिब होने चाहिए।' आवाज़ अंदर से आई थी। कमरे के बीचोबीच खड़ी, गीले बालों पर ब्रश फिराती लड़की अपनी सधी आवाज़ के लिहाज़ से काफ़ी कम उम्र की दिख रही थी। नीली फ़ेडेड जींस पर गाजरी कुर्ती और मोजरी की जूती, काजल की पतली लकीर, गुलाबी लिपग्लॉस। बस कलाई पर बंधी अमेरिकानो की रोज़ गोल्ड घड़ी बाक़ी के सिंपल लुक से विद्रोह करती हुई।

'अंदर आइए ना, वहीं खड़ी चीख़ती रहीं, तो पड़ोसी इकट्ठा हो जाएंगे। मुझे तो यहां कोई नहीं जानता लेकिन आप तो... माँ तुम पानी लाओ ना इनके लिए।'

मिनट भर को क़दम चौखट पर ही जम गए। लड़की के कहे शब्दों को दिमाग़ ने धीरे-धीरे डीकोड किया। माँ नहीं बेटी, कॉलेज में पढ़नेवाली। नवासे के जन्म का जश्न मनाने पहली ब्याहता के साथ दुबई घूम रहे पति के पहलू में इस लड़की की कल्पना से ही झुरझुरी हो आई लेकिन ये वक़्त कमज़ोर पड़ने का नहीं था।

चेहरे पर आए अविश्वास को परे सरकाते हुए मिसेज़ शर्मा ने भौंहें सिकोड़कर अपनी प्रतिद्वंद्वी को टटोलना चाहा। उम्र से ज़्यादा स्मार्ट है यह लड़की लेकिन मुझे भी जीजी समझने की भूल ना करे यह कल की छोकरी। जीजी की सोच ख़ुद पर ही झल्ला पड़ी मेनका शर्मा। अद्भुत संबोधन गढ़ा है औरतों ने अपने लिए। सहेली पर भी

सटीक और सौत पर भी। वैसे भी जीजी को हल्का समझने की भूल तो उन्होंने की थी, खेल तो जीजी गईं उसके साथ। सेज का दाँव उसके हाथों में सौंपकर कैसे समाज की बाज़ी में उसे चारों खाने पटक दिया। अट्ठारह साल बाद तीनों वेल सेटल्ड बच्चे और सौत का दंश झेलती सीधी-सादी ब्याहता के खाते में आई दुनिया भर की करुणा के साथ अपने हिस्से की जगह पर आज भी बाक़ायदा क़ाबिज़ थीं।

'चाय लेंगी ना आप? सॉरी, आपको तो कॉफ़ी पसंद है लेकिन माँ को वह बनानी नहीं आती। लीफ़वाली चाय बनाओ ना माँ, जो डीके, आई मीन शर्माजी को पसंद है।'

यह लड़की जैसे पूरी तैयारी से उसके इंतज़ार में बैठी हुई थी। गुस्से पर इससे ज़्यादा नियंत्रण रखना मुश्किल हो गया मिसेज़ शर्मा के लिए।

'ड्रामा बंद करो अपना, जानती नहीं कौन हूँ मैं?'

'दूसरी औरत।' लड़की ने पलक झपकाए बिना जवाब दिया। फिर हौले से हँस पड़ी, 'बैठिए ना प्लीज़, आपको कौन नहीं जानता।'

'और तुम?' इस बार दाँत भींचने से रोक नहीं पाई।

'फ़िलहाल तो डिस्प्ले विंडो में रखी वह शो-पीस, जिसका दाम देकर वह हाथ में लेकर निहार तो सकता है लेकिन किसी क़ीमत पर अपने घर नहीं ले जा सकता।'

'शो विंडो से सीधा डस्टबिन में जाओगी, आग से खेलने के लिए उम्र कम है तुम्हारी। जानती नहीं उस इंसान को तुम।'

'जितना जाना है, मुझे तो दो परिवारों और आधा दर्जन बच्चों की उम्मीदें संभालता एक हताश बूढ़ा ही नज़र आता है, जो अपनी ही बिछाई बिसात मे गुम हो गया है। अपने दरकते आत्मविश्वास को बचाने का एकमात्र तरीक़ा उसे अपने वीर्य का उत्सर्ग ही नज़र आता है।'

'और तुम इस उम्मीद में हो कि वह तुमको अपनी पत्नी बना लेगा?' मिसेज़ शर्मा की आवाज़ में तुर्शी लौट आई थी।

'उसे पता है, उससे शादी करने में मेरी कोई दिलचस्पी नहीं है। अब इतना बड़ा गुनाह भी नहीं किया कि आपकी तरह उम्र भर की सज़ा काटूँ।' लड़की फिर हँसने लगी।

अपमान से मिसेज़ शर्मा का चेहरा लाल हो गया।

'मेरी इन्वेस्टमेंट थोड़ी शॉर्ट टर्म है, एमबीए पूरा होने तक। एक बार प्लेसमेंट हो गई, आपको हाथ में पर्ची लेकर किसी और पते पर पति को ढूँढ़ने निकलना होगा। आप क्या ये सोचकर भागी चली आईं कि इस मैरी गो राउंड में 'मिसेज़ दिव्य किशोर शर्मा' की कुर्सी से उठने की बारी अब आपकी है?'

चुप रहना मेनका शर्मा के स्वाभाव में नहीं था लेकिन ऐसी सीनाज़ोरी की उम्मीद उन्होंने सपने में भी नहीं की थी।

'आपने बेकार इतना कष्ट किया मैम। जिसने यहां का पता दिया, उसी से नंबर भी मांग लेतीं। एक कॉल कर देतीं, मैं ख़ुद मिलने आ जाती आपके सिलाई-कढ़ाई... आई मीन विमेन एम्पावरमेंट सेंटर।' लड़की भरसक होंठों को टेढ़ा कर अपनी हँसी रोकने की कोशिश करने लगी।

चाय आ गई थी। अंदर कमरे में फ़ोन लगातार बज रहा था। वह उठकर दूसरे कमरे में चली गई।

उसकी माँ जैसे गूँगी गुड़िया हो, बार-बार मुँह खोलती लेकिन उनके हलक से आवाज़ बाहर ही नहीं आ पाती। घबराकर वह वापस मुँह बंद कर लेतीं। अकेले में उसके साथ तीन मिनट का वक़्त काफ़ी था मिसेज़ शर्मा के लिए। लड़की जब तक लौटी, तब तक वह सेंटरवाली मैडम जी अवतार में आ चुकी थीं।

'देखो बेटा..'

'सुप्रिया कहिए ना मैम, आपकी बेटी बनने को आपके एनजीओ में ग़रीब-गुरबे कम तो नहीं।'

'फ़ीस के पैसों के लिए दलदल में उतरने की ज़रूरत नहीं, मेरे साथ चलो ना।' क्रोध के बाद भी इतने वर्षों की प्रेक्टिस से साधी संवेदना उनकी बोली में उतर आई।

'क्यों? आपके साथ क्यों?' लड़की की आवाज़ अब प्रत्यंचा-सी तनी हुई थी।

'क्या मतलब क्यों? मेरा एनजीओ ऐसी लड़कियों...'

'आपके धंधे की ख़बर है मुझे लेकिन मैं क्यों बनूं आश्रिता आपकी? जब दाम दे सकती हूँ, तो दान क्यों लूँ? फ़ीस से केवल डिग्री मिलती है। करियर के लिए कॉन्फ़िडेंस और ग्रूमिंग की भी दरकार होती है। अभी मेरी ग़ैरमौजूदगी में जो सॉब स्टोरी आप रस लेकर सुन रही थीं, मेरी माँ की थी, मेरी नहीं। मैं अपनी स्क्रिप्ट ख़ुद ही लिख रही हूँ। वैसे भी आप पहली तो नहीं हैं, इससे पहले भी कई मिले सहारा देनेवाले। फिर जाना, मुफ़्त में ही बिकी जा रही थी। थोड़ा वक़्त लगा समझने में

कि जब क़ीमत वसूलने की कुव्वत हो, तो बिना मोल के बिकने में कोई शहादत नहीं। ब्राइट स्टूडेंट रही हूँ, एक बार याद किया सबक मैं कभी नहीं भूलती, बचपन से ही।' उत्तेजना से उसका चेहरा लाल हो गया था।

'जितना आसान तुम समझती हो, वैसा खेल भी नहीं है ज़िंदगी।' इतनी आसानी से घुटने टेकने वालों में नहीं थी मेनका शर्मा।

'खेल नहीं मैम, बिसात। कैलकुलेशन और धैर्य का गेम।'

'प्यार के धोखे में?'

'आपने तो बड़ा टूटकर प्यार किया था ना, तभी आशियाना नगर वाला घर अपने नाम करवाने के बाद ही आर्य समाज मंदिर की चौखट पार की थी, नहीं?'

मेनका शर्मा को इस बार सहारे के लिए कुर्सी की पीठ पकड़नी पड़ी। वह इंसान इस लड़की के सामने अपने साथ उनको भी निर्वस्त्र करता रहा था और वह उसके साथ के खोखले दांपत्य के हक़ को साबित करने इस देहरी पर खड़ी हैं।

'ठीक ही कहता है डीके, आप तो वाक़ई बड़ी फ़िल्मी हैं, हर बात पर चौंक जाती हैं। उत्तेजना की ढलान पर आते ही आपका सौंदर्य उपासक पति मेरे कंधों पर आंसू ढुलकाता कई-कई बार ये कहानियाँ सुना चुका है। उस समय सचमुच प्यार आता है। जी करता है, उसे छातियों में भींचकर प्यार की थपकियाँ देकर सुला दूँ।'

मेनका शर्मा के माथे पर पसीने की बूँदें चुहचुहा आईं। सुप्रिया की माँ की तरह उन्होंने कई बार मुँह खोला और बंद किया लेकिन आवाज़ हलक में अटक गई।

'और शरीर की शुचिता का पाठ आप ना ही पढ़ाएं मुझे, मेरी माँ बहुत कोशिश कर चुकी। केवल वही एक बंधन है और इस एक बंधन को निभाने के लिए मैं मन का गला घोंट दूँ, अपने जीवन के साथ इतना बड़ा पाप मैं नहीं कर सकती। देह के गणित में ख़ास दिलचस्पी नहीं मेरी, अपनी माँ की इसी देह को खटते और कुटते दोनों देखा है। फ़ायनेंस में स्पेशलाइज़ेशन है, जिस गणित की ज़रूरत है, उतना ख़ूब समझती हूँ। मेरी बैलेंस शीट में कहीं कोई दुविधा नहीं है, आप अपने बही-खाते में ज़रूर झांक लें, कहीं ज़्यादा क़ीमत तो नहीं चुकानी पड़ गई।'

लड़की रौ में बोलती जा रही थी।

'एडम स्मिथ को तो नहीं पढ़ा होगा आपने, 'थ्योरी ऑफ़ द इन्विज़िबल हैंड्स?' हर कोई अपने मतलब के सौदे में है फिर भी बाज़ार में हर किसी के लिए जगह बन ही जाती है। दुनिया का सबसे पुराना व्यापार यों ही थोड़े चल रहा है, यहां भी तो सप्लाई एलास्टिसिटी डिमांड के अनुसार बदलती रहती है।'

'आपको छत चाहिए थी, झाड़-फानूस वाली। मुझे केवल सीढ़ी, अपनी छत ख़ुद से तैयार करने के लिए। छत के लिए पूरी ज़िंदगी गिरवी रख देने से बेहतर ही है ना? आपको अपने सपनों के लिए मीरा से मेनका बनना पड़ा, मुझे सुप्रिया ही रहना है हमेशा। अपने छुटकारे का एक रास्ता खुला रखा है मैंने।'

'और तुम्हें लगता है शर्माजी इतनी आसानी से छोड़ देंगे तुम्हें?' अपनी आवाज़ से झांकती चिंता पर ख़ुद ही भरोसा नहीं हुआ मिसेज़ शर्मा को।

'कम रिटर्न की दरकार है इसलिए शॉर्ट टर्म इन्वेस्टमेंट चुना। लंबी सिक्योरिटी चाहिए होती, तो आपकी सौत के बेटे के पहलू में होती

अभी। अच्छी तरह सोच लिया था, ठेकेदार से सरकारी दलाल बनने में सारी ज़िंदगी निकल गई शर्माजी की। फ़िलहाल मुझसे ज़्यादा बड़ा रिस्क लेने की स्थिति में नहीं ही हैं। आख़िर रिटायरमेंट पर विधान परिषद की मेंबरी चाहिए कि नहीं? प्लेसमेंट के बाद मेरे पीछे-पीछे मुंबई-बेंगलुरु नहीं भाग पाएंगे, इतना भरोसा है।'

सुप्रिया उनकी बग़ल में आकर बैठ गई, 'बिसात अपनी ना सही, दांव तो अपने हों, नहीं?'

उसके हाथों को थामने से ख़ुद को रोकने में मिसेज़ शर्मा की पूरी इच्छाशक्ति लग गई।

'आप निश्चिंत होकर घर जाइए मैम। यू हैव माई वर्ड्स, साढ़े अट्ठारह महीने और। आपका सेकेंड हैंड सुहाग वन पीस वापस मिल जाएगा। उनकी सोशलाइट, समाजसेवी, ट्रोफ़ी वाइफ़ आप ही रहेंगी, डोंट वरी। शर्माजी की उम्र बनी रहे, आपके बच्चे दुबई क्या, अमेरिका में सेटल होंगे। इनफ़ैक्ट आई एम डूइंग यू ऑल अ ग्रेट फ़ेवर बाई कीपिंग हिम चियरफुल।'

'एंड इफ़ यू डोंट माइंड, एक असाइनमेंट ख़त्म करना है मुझे। आज ही का वक़्त है बस। कल डीके के वापस आने के बाद तो....' इस बार वह व्यंग्य में मुस्कराई नहीं, अदब से उठ खड़ी हुई।

लिफ़्ट तक पहुँचकर वह ठहर गई। लड़की पीछे-पीछे थी। पर्स से अपना कार्ड निकालकर उसके हाथों में थमा दिया, 'कभी अगर छुटकारे का मार्ग अटक जाए, तो फ़ोन करना।'

लड़की की आँखें पहले हैरत में फैलीं फिर स्थिर होकर उन्हें तकती रहीं।

घर पहुँचते-पहुँचते पाँच बज गए। सेंटर की तीन लड़कियाँ लॉन में इंतज़ार कर रही थीं।

'शिट! पुराने कपड़े, चादरें देने के लिए इन्हें कल ही तो बुलाया था।'

कई दिनों से सारी वीआईपी कॉलोनियों में कलेक्शन चल रही थी। उनकी पाँच सौ सुजनी बनवाकर फ़ायनेंस मिनिस्टर की कॉन्स्टिचुएंसी में बंटवाने का प्लान है अगले महीने। शॉपिंग बैग्स सहायिका के हाथों में थमा लड़कियों को स्टोर रूम तक आने का इशारा किया। पुराने कपड़ों की गठरी निकालते-निकालते हाथ लगकर एक रंग उड़ा लाल सूटकेस नीचे गिरा। गुलाबी, नारंगी, धानी, मोरपंखी, खादी सिल्क की दर्जन भर टैग लगी साड़ियाँ धूल भरे फ़र्श पर बिखर गईं। वस्त्रगृह के पहले तोहफ़े की याद रोंगटे खड़े कर गई। उन्हीं से ख़रीदी खादी भंडार की साड़ियों के गट्टर के ऊपर पड़ा रूबी का सेट और आतुर प्रेमी से अभी-अभी पति बने पुरुष की गर्वमिश्रित निश्चिंत मुस्कान, 'लकदक रहिए आज से, हमारी मिसेज़ का स्टैंडर्ड होना चाहिए कि नहीं!'

'इसे भी ले जाओ बाक़ी सामान के साथ।' उन्होंने पैर से उस सूटकेस को परे सरकाकर अपने लिए रास्ता बनाया।

बेडरूम में सहायिका कॉफ़ी का मग लिए खड़ी थी। शीशम के पलंग पर दोपहर की ख़रीदी औंधी पड़ी दर्जन भर थैलियों से झांकती शिफ़ॉन, ऑरगेंज़ा की इन्द्रधनुषी साड़ियाँ अलमारी में अपनी जगह का इंतज़ार कर रही थीं।

काउंट योर ब्लेसिंग्स

शादी का न्यौता पतिदेव को मिला था इसलिए पहनावे की ज़्यादा चिंता करने की गरज नहीं थी। इस गुम्मे, गंभीर इंसान को अपने दोस्तों, रिश्तेदारों से न्यौते मिलते ही कितने हैं, जो यह ध्यान रखा जाए कि कहीं पहले की पहनी साड़ी रिपीट ना हो जाए। हमारी तरफ़ का कोई होता, तो भले ही शॉपिंग की ज़रूरत पड़ती। मैंने नीली सिल्क पर मोरपंखी बॉर्डर और वैसी ही पल्लूवाली साड़ी निकाल ली। पसंद भी इन्हीं की, सो तारीफ़ तो करनी पड़ेगी। वैसे भी इस बोरिंग इंसान को पिछले तीन साल में कहीं जाने के लिए इतना उत्साहित नहीं देखा था, जो चार घंटे ड्राइव करके ऐसी हालत में मुझे यहाँ उठा लाया।

'आई ओ हिम सो मच। कॉलेज में मेरे सीनियर थे फिर कैंपस प्लेसमेंट के बाद मेरे पहले बॉस भी। पाँच साल की नौकरी के बाद अपनी कंपनी शुरू की, वो भी अपने शहर में। तीन साल में उनकी लॉजिस्टिक्स कंपनी का टर्नओवर पचास करोड़ का है। फिर भी इतना डाउन टू अर्थ, शरीफ़ इंसान तुमने नहीं देखा होगा पहले।'

'हम्म', मैंने सोचा तभी। शराफ़त और सादगी, तीन साल की शादी में इंसान को जज करने के यही दोनों यार्डस्टिक तो सीखे हैं अपने मियाँ से मैंने।

'बाक़ी सब सेकेंडरी है, समझी!' तो भी यह इंसान मेरे गाल खींच कर मुझे याद दिलाना नहीं भूलता। पता है, ऐसा करते ही हाथ में जो होगा, मैं दे मारूँगी।

हम हमेशा की तरह सबसे पहले पहुँचनेवालों में से थे। बारात जैसी कोई व्यवस्था नहीं, दोनों पक्षों को एक जगह जुटकर कार्यक्रम पूरा करना था। दूल्हे मियाँ ख़ुद अपने मेहमानों के स्वागत में लगे थे। फिर भी जगह, साज-सज्जा, पहनावे सबमें एक क़िस्म का अभिजात्य था, जिसके लिए बहुत सारे पैसे ख़र्च किए जाने ज़रूरी होते हैं। मैं अपने आप में थोड़ी सिकुड़ गई। लंबे सफ़र और गर्भ भार से थकी जान पतिदेव मुझे सहूलियतवाली जगह बिठाकर स्नैक्स की प्लेट लाने चले गए।

पति के दोस्तों, सहकर्मियों से नमस्ते की औपचारिकता के बीच दुल्हन आती नज़र आई। मेरी पलकें झपकना भूल गईं जैसे। नज़र ना उसके धानी लंहगे पर टिकी, ना सांचे में गढ़ी सुंदरता पर बल्कि यादों के तहखाने से कुछ ढूँढ़ पाने, कुछ मिलान करने को बेचैन हो आईं।

'इसको कहीं देखा है।' मैंने अपने भोले भंडारी को टोहका दिया।

'पिछली शादी में देखा होगा, दुल्हन के लिबास में सारी लड़कियाँ एक-सी लगती हैं।' इन्होंने आलू की टिक्की दबाते हुए जवाब दिया।

अरे ये तो मंजू है, मंजूषा, मेरी हॉस्टल मेट। वरमाला के बाद स्टेज पर वर-वधू से मिलने पहुँचे, तो मै चिहुंक उठी। उससे अपनी पहचान की पहल में बढ़ने को आतुर मैं अचानक हिचक से भर गई। पता नहीं, इसे मैं याद भी हूँ कि नहीं। लेकिन फ़ाइनल ईयर की उस घटना के बाद हॉस्टल में शायद ही कोई हो, जो मंजूषा को भूल पाया होगा।

तीन-तीन बेडवाले दो कमरों के बीच एक कॉमन टॉयलेट। टॉयलेट ख़ाली हो, तो हम एक-दूसरे के कमरों में आवाजाही के लिए दरवाज़ों का इस्तेमाल करने की ज़रूरत भी नहीं समझते थे। हमारे कमरे में तीनों जगहें भरी थीं, उस ओर केवल मंजूषा और रीना। जाने क्या वजह रही, तीन वर्षों में उस कमरे के तीसरे बिस्तर पर कोई नहीं आया। वह जगह भरी होती मंजू के ब्रश, कलर और कैनवस से। हम चारों के लिए मंजू के होने या नहीं होने के बीच ज़्यादा अंतर नहीं होता। रीना ज़्यादातर हमारे कमरे में पाई जाती, अपने कमरे के सन्नाटे से भागकर, जो हमारे शब्दों में एक उदासीन, आत्मलीन रूममेट की देन थी। कभी हमारी मजलिस उनके कमरे में जमती, तो अपने कैनवस के पीछे आधी छिपी मंजू पर ध्यान जाने में वक़्त लगता। पेंटिंग्स से घिरी वह अक्सर उनसे ही एकाकार हो जाया करती। अपने आप में इस क़दर खोई कि हमारे समवेत ठहाके उसकी नज़र के कोण में पैंतालिस डिग्री का बदलाव भी नहीं ला पाते। हालांकि नज़रें मिलने पर उसमें गर्माहट होती लेकिन पलकों को उठाकर ऊपर देखने का गुरुतर काम उसे ख़ास रोमांचित नहीं करता।

अट्ठारह-बीस साला ज़िंदगी के रंगों में आकंठ डूबा हमारा बचपना उसके पैशन को घमंड समझता, जिसका प्रतिदान उसकी ओर हमारी सामूहिक उदासीनता होती। वह अकेली मेस जाती, अकेली खाना खाती और क्लास के अलावा कभी कमरे से बाहर नहीं निकलती। जिस दिन ख़राब खाने के विरोध में हमने मेस का सामूहिक बहिष्कार किया, उस दिन भी मंजू खाना खानेवाली चार लड़कियों में एक थी। बाक़ी तीन वे, जिन्हें हम वॉर्डन की बिल्लियाँ बुलाया करते। हमारी 'बड़ी आई' की ऐंठ उस दिन और बढ़ आई। क्या हुआ जो उसकी एक पेंटिंग प्रिंसिपल के कमरे में लगी थी और दूसरी वीसी के बड़े-से चैम्बर में? क्या हुआ जो

गाहे-बगाहे आनेवाले अतिथियों को उसकी पेंटिंग गिफ़्ट की जाती और कार्यक्रम की समाप्ति पर धन्यवाद ज्ञापन में सुश्री मंजूषा का नाम अलग से लिया जाता? बीए की डिग्री तो उसे भी मेरी तरह साइकोलॉजी में ही मिलनी थी।

वे कॉलेज के आख़िरी कुछ महीने थे, परीक्षा की तैयारियोंवाले हफ़्तों के दौरान बेमौसम की बारिश का दिन। थोड़ा शाम ढले कॉमन रूम की ओर गई रीना चीख़ती हुई वापस आई। 211 वाली अर्चना टॉयलेट के बाहर ख़ून के थक्कों के बीच बेसुध पड़ी थी। वॉर्डन आई और उसकी ओर पड़ताल करती नज़र डाल भद्दी गालियाँ निकालती लड़कियों पर चीख़ती रही, 'फ़ोन मिलाओ इसके लोकल गार्जियन को और दूर रहो तुम सब इससे। रंडी बनने के लिए मेरा हॉस्टल ही बचा था। कोई कुकर्म ना छूटे इन लौंडियों से।' गालियों का हिस्टिरिया थमा, तो उसने शब्द जोड़े। सहमते-से हम तमाशबीन पीछे की ओर छिटकने लगे, तो कोई उल्टी दिशा से आता दिखा। वॉर्डन को उम्मीद नहीं थी कि घर से लाए कपड़ों और किताबों के साथ संस्कारों की पोटली संभालती छोटे शहरों की उन लड़कियों में कोई इस तरह उसकी कलाई पकड़ रास्ता रोक सकती है। वह भी ऐसी गुम्मी लड़की, जिसने कभी घुन लगे आटे की रोटियों पर भी एतराज़ नहीं जताया।

'पहले डॉक्टर को फ़ोन करेंगी आप। अभी इसे हॉस्पिटल लेकर जाना सबसे ज़रूरी है। पानी लेकर आओ कोई पहले।' वॉर्डन की कर्कश चीख़मचिल्ली के बाद उस कांपती महीन आवाज़ में निकली चीख़ थर्रा देनेवाली थी। हम पहले से ज़्यादा सहम गए लेकिन अर्चना की रूममेट्स दौड़कर पानी ले आईं। सबने मिलकर उसके कपड़े साफ़ किए। ब्लीडिंग रोकने के लिए पुरानी चादर का इस्तेमाल

हुआ। वॉर्डन की तरेरती आँखों को ठेंगे पर रख मंजू अस्पताल तक गई। रात भर वहीं रुककर अगली सुबह लौटी।

अर्चना को हमने उसके बाद नहीं देखा। वह अस्पताल से सीधा घर ले जाई गई। उसका भाई आकर गेट से उसका सामान ले गया। जब तक उसकी रूममेट्स अर्चना का सामान सहेजती रहीं, तब तक मंजू उसके भाई के साथ गेट से लगी बेंच पर बैठी बातें करती रही। हमारे अविश्वास ने उन दो घंटों के दौरान हमें खिड़की से हिलने नहीं दिया। ज़रूर पहले से जानती होगी उसे, पड़ोसी या पहचानवाले होंगे, कौन जाने रिश्तेदारी भी हो सकती है। आख़िर में रीना के टोहके ने हमें हमारे बिस्तरों पर वापस भेजा।

हम लोगों की तमाम भविष्यवाणियों के बावजूद मंजू को प्रिंसिपल के कमरे से कोई बुलावा नहीं आया, ना वॉर्डन के पास पेशी के लिए उसे अलग से जाने की ज़रूरत पड़ी। लेकिन उसके बाद के हफ़्तों में वॉर्डन कुछ कतराती-सी दिखी, ख़ासकर फ़ाइनल ईयरवालियों से दूरी बनाकर दिन बिताए।

क़िस्तों में मिली आज़ादी को उनके मिलने की शर्तों समेत तिनका-तिनका सहेजती हम लड़कियाँ, छोटे-छोटे शहरों से राज्य की राजधानी के उस सरकारी कॉलेज तक पहुंची थीं। हमें समाज के सामने उदाहरण बनकर रहने की हिदायत थी, कहानियाँ बनने का कोई हक़ नहीं था। अर्चना हॉस्टल की चहारदीवारी के अंदर और बाहर वर्षों तक दोहराई जानेवाली कहानी बन गई थी। मतलब शर्तनामे के मुताबिक़ हमारी बातचीत के लिए भी निषिद्ध। उस दिन से भले ही हमने कुछ कहा ना हो, मंजूषा के लिए ख़ूब इज़्ज़त उमड़ आई मन में। फिर फ़ेयरवेल वाले दिन हम सब ख़ूब नाचे, एक-दूसरे से गले मिलकर रोए, मंजू से भी। उसने हम चारों को एक्रेलिक की छोटी-छोटी पेंटिंग्स गिफ़्ट की थीं। ज़िंदगी का इम्तिहान हमारी राह देख रहा था।

आज इतने साल बाद भी स्टेज पर मंजू की आँखें पहचान की स्वीकृति में चमक उठीं, पतियों की गर्मजोशी के बीच हम नज़रों से एक-दूसरे को दुलारते रहे। लौटते वक़्त मैं ख़ूब चहकती रही। कुछ जोड़ियाँ भगवान सचमुच फुर्सत में गढ़ता है। कितना सुंदर भाग्य उसका। जैसी हुनरमंद और हिम्मती मंजू, वैसा ही सफल और संपन्न पति। उसकी तारीफ़ें करती मैं टटोल-टटोलकर उससे जुड़ी हर कहानी ढूँढ़ निकालकर इन्हें सुनाने लगी। अर्चना वाली कहानी भी। ये बड़ी देर तक चुप रहे फिर एकदम-से गंभीर हो गए, 'इसलिए हॉस्टल में रही लड़कियों पर मुझे कभी विश्वास नहीं रहा। जाने कौन-कौन से कांड करती हैं फिर किसके गले बंधती हैं।'

मुझे धक्का लगा। इतना कि एक पल कानों ने सुनने से इनकार कर दिया। जिस इंसान को पाकर मैं क़िस्मत पर इतराती फिरती रही, जो दुनिया का सबसे सुलझा इंसान लगता रहा, उसके मुँह से अपनी वॉर्डन की भद्दी गालियों की प्रतिध्वनि ने एक पल में प्यारवाले उस रिश्ते में दरक डाल दी। शुरुआती दरकों की गिनतियाँ वैसे भी याद रह जाती हैं।

हनीमून से लौटते वक़्त मंजू और कौस्तुभ हमारे घर भी आए, सिद्धार्थ के जन्म के दसेक दिन बाद। मैं नए मातृत्व में पगी और वह नई शादी के ख़ुमार में डूबती-उतराती। ख़ूब अच्छा समय बीता। फिर हम बेंगलुरु शिफ़्ट हो गए और गृहस्थी की लहरें हमें अलग-अलग दिशाओं में बहा ले गईं।

'ममा, अब फिर मैगी नहीं प्लीज़, रोल्स नहीं खा सकते क्या यहाँ?' जैकेट पकड़कर खींचती सौम्या मुझे स्वप्नलोक से बाहर लेकर आई। मैंने ख़ुद को समेटते हुए पति और बेटे को ढूँढ़ने की कोशिश की। शादी की बीसवीं सालगिरह की रस्म निभाने हम गंगटोक की यात्रा पर थे और इस वक़्त मेरी गृहस्थी ताशी व्यू प्वाइंट के

तीन कोनों में बिखरी पड़ी थी। नवम्बर की ठंड में कंचनजंघा की चोटी आधे तपे सोने-सी चमक रही थी। सिद्धार्थ अपनी जेब से पैसे निकालकर बाइनाक्यूलर वाले को दे रहा था। सत्रह साल के बेटे को अब इन छोटी ज़रूरतों के लिए माँ-बाप का हाथ पकड़ने की ज़रूरत नहीं थी। बच्चों के पापा दूसरे छोर पर रेलिंग से नीचे सड़क को निहार रहे थे।

'पापा को बोलो ना, जो खाना है ले लो।' मैंने भरसक आवाज़ को मीठा बनाते हुए कहा। सौम्या थोड़ा झल्लाती-सी पैर पटकती डेक के दूसरे कोने में पिता की ओर चली। दो महीने में टीनएजर हो जाएगी, मैंने ख़ुद को याद दिलाया। थोड़ा वक़्त ही और बचा है इस झल्लाहट में प्यार-मनुहार के बाक़ी रहने का, उसके बाद तो...। मैंने फिर से सिद्धार्थ की ओर देखा, अब वह अपने मोबाइल में व्यस्त था।

नज़र वापस उस ओर घुमाई, जहाँ चंद मिनट पहले का आश्चर्य मुझे अपनी ओर खींच रहा था। कैंटीन की दूसरी ओर बलूत के पेड़ के नीचे कैनवस सामने रख फोडोंग मठ की ओर निर्निमेष देखती ये मंजू ही थी या मुझे फिर से हैलुसिनेशन हो रहा था, जैसा सौम्या चिढ़ाती है। मोटे बूट्स, ढीले-ढाले भूरे लॉन्ग कोट, कॉर्डरॉय की पैंट और तिहाई बालों में चाँदी बिखेरे यह मंजू कैसे हो सकती है? उसे भी तो मेरी तरह सुख-साधन सम्पन्न, भरी-पूरी औरत होना चाहिए था, जो ट्रिप पर आने से पहले पार्लर जाकर लॉरिएल से बाल कलर और सेट करवा ले, चेहरे पर पर्ल फ़ेशियल का नूर चमकता हो, जेगिंग्स हाई बूट्स के अंदर सलीके से दबे हों और कैट आई फ्रेम के सनग्लास का ब्रांड दूर से नज़र आए। बल्कि मुझसे भी ज़्यादा अपमार्केट, गोकि वह धनी परिवार में ब्याही गई थी। उसकी सालगिरह तो बल्कि मैटरहॉर्न में स्विस आल्प्स को निहारते प्लान होनी चाहिए। बिना किसी को कुछ बताए मैं झिझकती उस ओर बढ़ी। यह आजकल मुझे क्या होता जा रहा है, जतन से खड़ी की

गई आत्मविश्वास की दीवार हर छोटी बात पर भरभरा कर गिर क्यों जाती है? बात-बात पर माफ़ी माँगना, छोटी-सी ग़लती पर ख़ुद से झल्ला जाना। इस समय भी मैं संशय में समय बर्बाद कर रही थी, जबकि पति की तय की गई आइटेनरी के मुताबिक़ पन्द्रह मिनट में हमें यहाँ से लैबरांग मठ की ओर निकल जाना था।

कंधे पर अनौपचारिक हाथ रखने की हिम्मत नहीं थी। मैं सीधा कैनवस और डेक की रेलिंग के बीच छोटी-सी जगह में उसके सामने खड़ी हो गई। बाई गॉड! मंजू ही तो थी। उसकी आँखों में पहचान की कौंध तुरंत चमकी। तपाक से गले मिले हम लेकिन यह मेरे गले में क्या अटक गया उससे लिपटते ही? ऐसी घनिष्ठता भी तो नहीं थी उसके साथ। फिर क्या जमा था जो पिघलकर बह निकलने को आतुर हो उठा? अलग होते-होते मैं थोड़ी संयत हो गई। पति और बच्चों को आवाज़ देकर पास बुलाया और औपचारिकता की बाक़ी रस्में मुस्कराते हुए पूरी कीं।

'थैंक गॉड! शुभी ने पहचान लिया आपको, नहीं तो यह रीयूनियन मिस हो जाता।' पतिदेव चहक रहे थे, 'बट दिस वोंट सफ़्राइस, कल हमारे लाइफ़ सेंटेंस को बीस साल पूरे होंगे, लेट्स हैव डिनर टुगेदर टू सेलिब्रेट। वी आर स्टेइंग एट समिट और बॉस कहाँ हैं हमारे? होटल में बैठकर कॉल्स तो नहीं ले रहे। नो ईश्यूज़, ड्रैग हिम टुमॉरो। आप लोग कहाँ ठहरे हैं?'

'आई लिव हीयर, सेवन ईयर्स नाउ। कौस्तुभ तो साथ नहीं बट आई एम नॉट गोइंग टू मिस योर बिग डे। कल मिलते हैं, पक्का।' मंजू ने मेरा हाथ पकड़े-पकड़े बड़ी सहजता से कहा।

मैंने पति के चेहरे पर थिएटर के स्टेज-से बदलते रंगों को देखा और हड़बड़ा गई, 'नंबर तो दो अपना पहले और पता बताओ।' अपनी नर्वसनेस छुपाती मैं पर्स में फ़ोन ढूँढ़ने लगी।

स्कूली टाइमटेबल की तरह दिन भर की साइट-सीईंग ख़त्म कर हम देर शाम होटल पहुँचे। कल सालगिरह थी। बच्चों के अपने कमरे में जाने के बाद रात की रस्म भी तय थी। मैंने चेहरा धोकर फिर से हल्का मेकअप किया। लाल गाउन डाल लिया। कितनी जल्दी निचुड़ जाता है प्यार और कितना क्रमबद्ध हो जाता है सब कुछ। सुखी गृहस्थी प्यार के अवशेष को दफ़्न कर उसके ऊपर हँसते-मुस्कराते दिखते रहने का नाम है शायद। क्यों हो गई हूँ मैं इतनी सिनिक? मुझे तो ख़ुश रहना चाहिए। बेटे के दसवीं में 95 परसेंट आए। पति को सिगरेट-शराब की लत नहीं। मेरे अलावा उसकी ज़िंदगी में कोई नहीं। दफ़्तर से सीधा घर वापस आता है। हर संडे परिवार को बाहर लेकर जाता है। बच्चे पाल लेने के बाद मैंने उन्हीं के स्कूल में फिर से नौकरी शुरू कर ली और अब लगभग भूल गई हूँ कि एक समय मैं साइकोलॉजिस्ट थी और सिविल सर्विस के मेन्स की तैयारी कर रही थी। फिर वही खटराग, मैं पागल हूँ, एकदम सिनिक। वहाँ बिस्तर पर मुस्कराता बैठा मेरा पति हाथ में डायमंड ब्रेसलेट लिए मेरा इंतज़ार कर रहा है और मैं, मुझे तो ख़ुशी से चीख़कर उसकी बांहों में होना चाहिए था और मैंने ख़ुद को रस्म के हवाले कर दिया।

'ब्रेसलेट खोल दोगे प्लीज़! सोते में चुभेगा।' निढाल शरीर को चादर से ढकते हुए मैंने मनुहार में कलाई आगे कर दी, 'ख़ुद से नहीं खुल रहा।'

'अच्छा है, हर काम ख़ुद से करने की आदत नहीं, तभी सुखी गृहस्थी की मालकिन हो, नहीं तो तुम्हारी उस फ्रेंड जैसा हाल होता। जाने कैसा फ़ितूर होता है औरतों में इस सो कॉल्ड ख़ंडिपेंडेंस का, जो एक शादी नहीं संभलती। इतने शरीफ़ इंसान को छोड़ यहाँ पहाड़ों में भटक रही है। उत्साह में भरकर मैंने एनिवर्सरी डिनर भी स्पॉयल कर ली। अब झेलो फ़ेक फ़ेमिनिज़्म को।'

हैरत है, पूरे दिन कैसे जज़्ब किए रहे हज़रत।

एक ही जगह बार-बार टीस पहुँचे, तो क्या दर्द होना कम हो जाता है? मैं क्यों हर बार औरतों को लेकर पति के ये कटाक्ष चुपचाप बर्दाश्त कर लेती हूँ? क्यों नहीं उसके कंधे पकड़कर उसे झकझोर डालती हूँ, 'हाउ डेयर यू जज हर?' ग़लत कोण पर रखे कुशन और फ़र्श के दाग़ पर कुढ़ती हम चालीस पार की औरतें अपना सही गुस्सा पहचान लड़ क्यों नहीं पातीं? उफ़्फ़, साइड टेबल पर रखते-रखते ब्रेस्लेट का लॉक चुभ ही गया।

'संभल के भई, हमें अब भी प्यार है इस शरीर से, इतने निशान तो मत लगाओ।'

कमरे में अंधेरा था। मैंने ख़ामोश आंसू निकल जाने दिए।

अगली सुबह हम सोंगमो लेक गए। फिर बाबा मंदिर और हनुमान टोंक। मंजू कार्नेशन्स का बड़ा-सा बुके लिए रेस्तरां में ठीक आठ बजे हमारा इंतज़ार कर रही थी। साथ में एक गिफ़्ट रैप्ड पेंटिंग, 'अगर फ़्लाइट में ले जाने में मुश्किल हो, तो मुझे बताना, मैं कुरियर बुक कर दूँगी।'

असभ्य हो जाने की सीमा तक उदासीन पति को बार-बार मुझे बातचीत में घसीटना पड़ा। डिनर के बाद उनके इशारे को अनदेखा कर उसे ज़बरदस्ती ऊपर कमरे तक ले आई।

'पापा, समथिंग रॉन्ग विद द हीटर इन आवर रूम।' बेटे की शिकायत ने पिता को उबारा। वह मैनेजर से बात करने के बहाने कमरे से निकल लिए।

'अब सुनाओ, कैसी हो?' उसका हाथ पकड़े सोफ़े पर बैठते मैंने पूछा।

'अच्छी हूँ, ख़ूब ख़ुश। यहाँ छोटा-सा आर्ट स्कूल चलाती हूँ। हफ़्ते में दो दिन ग़रीब बच्चों के लिए मुफ़्त की क्लास और बाक़ी बचे वक़्त में यहाँ-वहाँ भटककर कैनवस रंगती हूँ। तुम थोड़ा पहले आती, तो पिछले महीने शिलॉन्ग में एग्ज़ीबिशन थी।'

मेरी हलचल और बढ़ गई, 'और कौस्तुभ मतलब फ़ैमिली तुम्हारी?'

'कौस्तुभ मज़े में है, बिज़नेस काफ़ी बड़ा हो गया है। ही इज़ ए बिग बिज़ी मैन।' उसकी आवाज़ वैसी ही तरल थी। मेरे उड़े चेहरे को देखकर हँस पड़ी, 'तुम लोग मिल्स एंड बून पढ़ा करते थे ना कॉलेज में? मेरी कहानी वैसी ही थी, बीए के बाद भाई की चिरौरी कर मैंने आर्ट स्कूल से मास्टर्स किया और एक आर्ट गैलरी से अस्सिटेंट के तौर पर जुड़ गई। कौस्तुभ पहली बार वहीं मिले थे, अपने नए ऑफ़िस के लिए पेंटिंग ख़रीदने आए थे। रिश्ता मुझे नहीं, मेरे परिवार को भेजा गया। मेरे नाइट इन शाइनिंग आर्मर ने अधकचरे-से स्टूडियो से मुझे सीधा चाँद पर बिठा दिया। इतना प्यार, इतना कि मुझे लगा एक प्यार के रंग के अलावा दुनिया के बाक़ी सारे रंग झूठे हैं। मेरे पैलेट के सारे रंग सूख गए। मैं ख़ुद को दुनिया का सबसे ख़ुशरंग इंसान समझती रही। फिर दूसरे साल में माधव और अर्जुन एक साथ आए। मैं पूरी हो गई। अब और कुछ नहीं चाहिए था। बिज़नेस, बच्चे सब बढ़ते रहे। बचे वक़्त में मैंने फिर से पेंटिंग शुरू की। पहली पति के केबिन में लगी। उसके बिज़नेस असोसिएट्स ने सराही। कुछ घर में, कुछ रिश्तेदारों को भेजी गईं। मेरे जीवन में कहीं कुछ आउट ऑफ़ प्लेस नहीं था। कौस्तुभ शहर के बिज़नेस असोसिएशन के मेंबर बने। हम और बड़े लोगों में उठने-बैठने लगे। जहाँ जाती, सब ईर्ष्या से देखते। माँ नज़र का टीका लगाती। 'काउंट योर ब्लेसिंग्स।' भाभी कहतीं, 'कितना सुंदर घर-संसार मिला तुम्हें।'

'और मैं? पाँचवां, छठा, सातवां साल, मैं दरकने लगी। धीरे-धीरे, कब-कैसे पता भी नहीं चला। जैसे सिर के ऊपर सारी चमक-दमक हो और नीचे धरती का पता नहीं। जैसे पाँच सौ चैनलोंवाले टीवी से बिजली का कनेक्शन चला गया हो।'

'किसी को प्यार करने में केवल उसके प्यार का प्रतिकार ही शामिल थोड़े ही होता है, ख़ुद का अहम भी तो होता है ख़ूब सारा। अपने कर्तव्यों के भान और मन-प्राण से उसकी पूर्ति का अहम, स्वयं को इन छोटी सोचों से ऊपर रख पाने का दर्प। मैं जितना उदासीन होती जाती, कौस्तुभ उतना ही अपने कर्तव्यों के प्रति सजगता दिखाता। हर सुबह ऑफ़िस निकलते समय एक छोटा-सा आलिंगन देता, मेरा शरीर ठंडा हो जाता। मैं खो गई थी, पता नहीं कहाँ। सब कुछ था, परिवार, प्यार, पैसा। बस एक मैं नहीं थी।

'मैंने रंगों के ज़रिए अपना आत्मविश्वास वापस पाना चाहा। कौस्तुभ ने तुरंत घर के ऊपर एक स्टूडियो बनवा दिया। मेरी कला ख़ूब निखरने लगी। सबने ख़ूब उत्साह बढ़ाया। मुझे लगा, मेरे निर्वाण का रास्ता खुल गया। उत्साह से भरकर मैंने सोलो एग्ज़ीबिशन लगाया। इनके बिज़नेस असोसिएट्स पहचान का बही-खाता उठाए चले आए। सबको पता था, यहाँ उपस्थिति दर्ज कराने का फ़ायदा कहीं-न-कहीं उनकी बैलेंस शीट में भी दर्ज होकर रहेगा। शहर के रईसों के दफ़्तर-घर मेरी पेंटिंग से सजने लगे और मेरा मन करने लगा कि मैं हर कैनवस में आग लगा दूँ।'

'कौस्तुभ ख़ूब प्यार करता। मेरी तरफ़ हैरानी से देखता। लंबी-लंबी बहसें होतीं लेकिन मेरी ओर से अपने डिफ़ेंस में कहने को कुछ नहीं था। मैं थककर हर बार ख़ुद को दोष देने लग जाती। पीड़ा के रंगों में बहकर कैनवस पर बहने लगी, मेरे रंग और लकीरें और मुखर होने लगे लेकिन मेरे क़द्रदानों के लिए महत्त्व केवल उसके

नीचे लिखे नाम का था, जो चाहे किसी भी वर्तनी में हो, लोग उसे 'कौस्तुभ की पत्नी' ही पढ़ते। कितनी पागल थी मैं! ज़ंजीरों से लड़ती अपने ही पंख लहूलुहान कर रही थी। इस शहर में मेरी हैसियत कौस्तुभ की पत्नी के इतर और हो भी क्या सकती थी? एक ही इंसान से सबसे ज़्यादा प्यार और सबसे ज़्यादा नफ़रत की फ़ीलिंग तुम नहीं समझ सकती शुभी, मैं विक्षिप्त होने लगी थी।'

'तुम सारे कलाकार एक जैसे सिनिकल होते हो। ज़िंदगी का सामना करो मंजू। जो है, उसमें ख़ुश रहो।' भाभी ने डांट लगाई।

'पागल तो नहीं हो? इतनी सुंदर गृहस्थी को आग लगाने निकली हो।' माँ से आश्वस्ति की कोई उम्मीद नहीं।

'लोग अपने बच्चों के लिए ख़ूब पैसा कमाना चाहते हैं लेकिन बड़े हो रहे बच्चों को उन्हीं पैसों से दूर रखने का रिवाज भी है। दोनों बेटे दस साल के हुए, तो हमने तय किया कि बच्चे बोर्डिंग जाएं। कौस्तुभ ने लंबी-चौड़ी ट्रिप प्लान की। पहले शिलॉन्ग गए फिर गुवाहाटी और उसके बाद बच्चों को कर्शियाँग में उनके हॉस्टल ड्रॉप किया। पहचानवालों से दूर आकर मैंने मन टटोला।

'वापस लौटने से पहले कौस्तुभ यहाँ ले आए मुझे। हम मेफ़ेयर में टिके थे। जितनी सुंदर जगह थी, उतनी ही सुंदर शाम। होटल की तिकोनी छत पर ओस की टपकती बूँदें ताल दे रही थीं। कमरे की एक ओर की खिड़की से दिखता ख़ूबसूरत अहाता हलचलों से भरा था। कोई प्राइवेट पार्टी चल रही थी। दौड़ लगाते बच्चे, हड़बड़ाते सलीकेदार बेयरे, ख़ूबसूरत कपड़ों में सतर पीठवाली पत्नियाँ, उनकी पीठ पर अधिकार का एक हाथ रख दूसरे हाथ में ग्लास थामे बेतकल्लुफ़ पति। मेरी आँखों में जाने क्यों आँसू आ गए। दूसरी ओर की खिड़की से बस बांस के जंगल नज़र आ रहे

थे। आँखों को यों ही बहता छोड़ मैं खिड़की के पास लगी सेटी पर बैठ गई। ठुड्डी खिड़की की चौखट पर रख उन झुरमुटों के पार देखने लगी। कौस्तुभ का पीछे से आना महसूस किया। उसकी बांहों से अपने कंधे घेरे जाने की प्रत्याशा में पूरा शरीर जैसे उसी बांस की तरह सख़्त हो गया। कौस्तुभ लेकिन बग़ल में आकर चुपचाप बैठ गया।

'थक गई?'

'ऊंहूँ!'

'बच्चों की चिंता मत करो, दे विल बी फ़ाइन।'

'जानती हूँ।'

'पहले पैकिंग कर लेते हैं, फिर तुम्हारा मन करे तो वी कैन हैव अ लुक एट द कसीनो। सुना है, बढ़िया है।'

मैं चुप रही। कौस्तुभ की निगाहें मेरी नज़रों का साथ देती झुरमुटों में जाने क्या ढूँढ़ने लगीं।

'कौस्तुभ!'

'हूँ', इतना ठहराव था उसकी आवाज़ में, इतनी शांति, मेरा मन किया अब भी रोक लूँ ख़ुद को।

नहीं, आज नहीं, आज रोक लिया, तो फिर कभी नहीं हो पाएगा।

'आई...आई मीन, मैं नहीं जाना चाहती।'

'इट्स ओके, लेट्स पैक एंड हिट द बेड, कल सुबह नौ बजे टैक्सी बुला ली है मैंने।'

'कौस्तुभ, आई डोंट वांट टू गो बैक होम।' एक-एक शब्द पर रुकते हुए मैंने कहा। लगा, जैसे छाती से कोई क़र्ज़ उतर गया हो।

खिड़की की रॉड पकड़े कौस्तुभ की उंगलियाँ सख़्त हो गईं।

मैं साँस रोके अपनी सहेली को सुन रही थी। पागल है क्या यह लड़की? सचमुच ऐसा करता है क्या कोई? मैं तो ऐसे पागलपन की हिम्मत कभी नहीं जुटा सकती।

'और कौस्तुभ?'

इस बार मंजूषा की आँखों के कोर से कई सितारे झिलमिला उठे, 'कौस्तुभ सच में बहुत अच्छे इंसान हैं शुभी। मैं बहुत-बहुत प्यार करती हूँ उनसे। उस बार तो मैं उनके साथ वापस गई। फिर महीने भर में वापस लौट आई अपने रंगों के साथ। उसके बाद डेढ़ साल हम नहीं मिले। मैं यहाँ की ख़ाक छानती रही। गारा-तिनका जमा कर अपना घरौंदा बनाती रही। कैन यू बिलीव? इट्स बीन सेवन ईयर्स आफ़्टर दैट। हर साल सर्दियों के दो महीने मैं जयपुर में बिताती हूँ, सिर्फ कौस्तुभ की पत्नी बनकर, जहाँ ना मेरा स्टूडियो है, ना रंग और ब्रश। ख़ूब बन-ठनकर रहती हूँ। पार्टीज़ अरेंज करती हूँ। दूसरों की पार्टियों में ठहाके लगाती हूँ। फिर समर हॉलिडे के तीन हफ़्ते बच्चे और उनके पापा यहाँ आ जाते हैं, मंजू मैम की फ़ैमिली बनकर। मेरे छोटे-से घर में, जहाँ साफ़-सफ़ाई, खाना-बनाना हम सब मिलकर करते हैं। कितना सुंदर है सब कुछ। पता है, कांट काउंट माई ब्लेसिंग्स इनफ़। मैं मरने से बच गई शुभी, मैंने अपने प्यार को भी दफ़्न होने से बचा लिया।'

'एम आई इंटरप्टिंग?' दरवाज़े पर खड़े हैरत से तकते पतिदेव ने जब हलक साफ़ करते आवाज़ दी, तो मुझे एहसास हुआ कि मैं ना

जाने कब से मंजू से लिपटकर रोती जा रही थी। पता नहीं कब का जमा हिम पिघलकर बहे जा रहा था।

'नॉट एट ऑल।' मैंने मुस्कराते हुए जवाब दिया, 'दूसरे कमरे का हीटर ठीक हो गया हो, तो आज आप वहीं सो जाइए ना, मंजू से बातें करने में आज की रात यों ही निकल जानी है।'

अविश्वास से फैली आँखें क्षण भर को सिकुड़ीं, फिर एट योर सर्विस की औपचारिता पूरी करते महाशय चेंज करके निकल गए।

'पागल हो क्या?' मंजू ने हैरानी से मुझे झकझोरा।

'अब तक तो नहीं। वही सीखना है तुमसे।'

'तुम्हारी एनिवर्सरी है आज।'

'हर साल आती है। तुम चेंज करोगी? गाउन निकालूँ अपना?'

इतने बरसों में पहली बार मेहमान के जाने के बाद होनेवाली चिकचिक की मुझे कोई चिंता नहीं थी।

सुख के बीज

उसने एक बार और कोशिश की। इस बार पहले बायाँ पैर ज़मीन पर रखा फिर दाहिने हाथ से वॉकिंग स्टिक पर ज़ोर डालकर दायाँ पैर हल्के से उठाकर क़दम भरना चाहा। दर्द की चुभती लहर इस दफ़ा रीढ़ की हड्डी को सुन्न कर गई। अपनी कराह में पीड़ा से ज़्यादा झल्लाहट उसे ख़ुद की महसूस हुई। सविता दौड़ती हुई आई और वॉकिंग स्टिक अलग रख दी।

'ब्लैक कॉफ़ी लाती हूँ भैया।' उसने संयत आवाज़ में कहा और किचन में गुम हो गई।

बच्चों के कमरे से टीवी की तेज़ आवाज़ अभी-अभी बंद हुई थी। आदि अपने नए खिलौने को कंधे पर टांगे पूरे घर में चीख़ता घूम रहा था, 'वी आर अ कॉक्रोच फ़ैमिली, वी आर अ कॉक्रोच फ़ैमिली, यस वी आर...', पिता की बग़ल से सर्र से गुज़रते हुए वह लिविंग रूम के चक्कर काटने लगा। वेदिका पार्क से लौट आई थी। उसके घुटने पर हाथ टिकाए वह एकालाप-सी करती जा रही थी, 'गोल्डी विल डाई पापा। उसने सुबह से कुछ भी नहीं खाया। मैं उसके लिए पार्ले-जी लेकर गई थी। ही डिंट इवन ओपन हर आइज़।' बोलते-बोलते उसकी आँखें छलछला आई थीं।

'पार्क में एक कुत्ता है। सारे बच्चों को बहुत प्यार है उससे। कल उसका एक पैर गाड़ी के नीचे आ गया था।' कॉफ़ी का मग रखते हुए सविता ने बताया और बच्चों को समेट उनके कमरे में चली गई।

वह बड़ी देर तक सफ़ेद मग और उसके अंदर के स्याह द्रव्य को देखता रहा। एक बार फिर तेजपाल का नंबर मिलाया, तैंतीसवीं बार 'आइदर स्विच्ड ऑफ़ ऑर आउट ऑफ़ कवरेज एरिया' सुनने के बाद फ़ोन वापस टेबल पर रखना चाहा। फिर वापस से मैसेज बॉक्स में गया। कीर्ति का मैसेज अब भी खुला था, 'आई डोंट थिंक थिंग्स विल एवर चेंज बिटवीन अस ऑर एनी ऑफ़ अस फ़ॉर दैट मैटर। कांट टेक इट एनी मोर, कॉल मी वेन यू फ़ील यू नीड मी।' उसने चाहा ऑफ़िस में फ़ोन कर गाड़ी मंगा ले लेकिन असिस्टेंट को कॉल मिलाकर सारी मीटिंग्स कैंसल करने को कह बैठा। फिर मोबाइल साइड स्टूल पर रख दिया।

पैर से स्टूल परे सरका आँखें बंद कर लीं। फ़ोन बजा, अधखुली आँखों से देखा, माँ का नंबर फ़्लैश हो रहा था। इस बार उसने और ज़ोर से आँखें भींच लीं।

अविनाश शाम को आया था। 'आराम इकलौता ऑप्शन है तुम्हारे पास मितरां।' उसने अपनी झाग वाली कॉफ़ी सुड़कते हुए कहा। 'एंकर्स डाउन, अपना लंगर डाल लो। कम-से-कम दो हफ़्तों के लिए। हॉट और कोल्ड पैक ऑल्टरनेट एंड पेनकिलर ओनली वेन यू मस्ट।' उसने ज़बानी प्रिस्क्रिप्शन सुनाया।

'प्रॉबेबली टाइम टू गिव योरसेल्फ़ सम डेज़ एंड लुक विदिन।' अंधेरे कमरे में प्रिया एक बार फिर सिरहाने आकर बैठ गई।

'मत समझाओ प्रिया, तुम केवल तकलीफ़ बढ़ाती हो।'

'सच कहने और सुनने की हिम्मत कब आएगी तुममें मैडी, ग्रो अप नाउ।'

तेजपाल अगली सुबह समय से हाज़िर था, 'भाईसाहब की बिटिया का सगन लेकर जाना था साबजी। आपको तो बताए रहे।'

'आज हम उनके लिए खड़े नहीं रहे, तो कल को हमारे बच्चा लोगन को कौन पार लगाएगा।' उसने डांट पर सफ़ाई दी।

'दूसरी नौकरी का क्या है साबजी, हम कौन-सा डिप्टी मजिस्ट्रेट लगे हैं! कल नहीं, तो अगला महीना। यहां नहीं, तो दो बिल्डिंग दूर। कहीं-न-कहीं तो मिल ही जाएगी, अपना समाज और परिवार कहाँ ढूँढ़ के लाएंगे।' उसके छोड़े ब्रह्मास्त्र को भी उसने उल्टे हाथ से लपककर निस्तेज कर दिया और पैसे लेकर पेनकिलर लाने निकल पड़ा।

अपने लोग और अपना समाज। माधव को अपनी छाती में धुआँ जमता महसूस हुआ, उसने ज़ोर की खखार से उसे खुरच देना चाहा लेकिन एड़ी में उठी टीस ने ध्यान भटका दिया। हर बार उसे लगता है, इस तरह की बातें सोचते समय विद्रूप से उसका मुँह टेढ़ा हो जाता होगा। उसने फ़ोन के कैमरे को फ़्लिप कर अपना चेहरा देखना चाहा, उस पर वैसी ही मुर्दनगी छाई दिखी, जो प्रिया को भोलेपन की इंतिहा लगती थी।

'क्या निर्दोष चेहरा दिया है ऊपरवाले ने तुम्हें। बाई गॉड! तुम तो ख़ून करके कन्फ़ेस भी कर लो, तो किसी को यक़ीन ना हो।' माधव जानता है, यह एकरसता मन के स्थिर और बेस्वाद मौसम की देन है।

उसे याद आया, माँ के फ़ोन का जवाब उसने कल से नहीं दिया था। फ़ोन उठाकर वह बड़ी देर तक माँ का नंबर देखता रहा। फिर एक ऐप से दूसरे की सैर करनी शुरू की। फिर ऑफ़िस के मेल

पढ़े। कुछेक के जवाब टाले नहीं जा सकते थे, उसने रिक्लाइनर पर लेटे-लेटे लैपटॉप खोल लिया।

माँ का अगला फ़ोन कल सुबह फिर आएगा। पहले के ठीक अड़तालीस घंटे बाद। कीर्ति का अगला मैसेज उसकी ओर से एक पहल की राह देख रहा होगा। उसे अचानक बड़ी थकान हो आई, उसने सविता को कॉफ़ी के लिए आवाज़ लगाई।

वह समय से उल्टी दिशा में मुड़ जाना चाहता है, जब ज़िंदगी का एक ही मक़सद होता था, माँ को ख़ुश देखना। मक़सद के साथ जीना कितना आसान होता है। वह आसमान में मुट्ठियाँ ताने अपने सारे रिश्तेदारों को धूल चटा देने की बातें जोश से किया करता। अपने मरे हुए बाप को उनके ग़ैरज़िम्मेदाराना फ़ैसलों के लिए जी भरकर कोस सकता था।

वह, माँ और गंध और धूल से भरी उस सड़क के आख़िरी छोर पर पौने दो कमरों का उनका संसार। इकलौती खिड़की के सामने इमरजेंसी लैंप के नीचे पढ़ता वह और कुछ दूर खिड़की की दरार से आ रही रोशनी में स्कूल की कॉपियाँ जांचती माँ। परिवार से निर्वासित उन दोनों की लकीर-सी सपाट गृहस्थी। पढ़ते-पढ़ते वह थक जाता। उंगलियाँ पेंसिल का दूसरा सिरा पकड़े आड़ी-तिरछी रेखाओं में चेहरे तराशने लगतीं। कॉपियाँ देखते-देखते माँ की आँखें दुख जातीं। वह पेन परे सरकाकर किसी सिरे से बात थाम कोई कहानी ले बैठतीं। इतनी बार सुन चुका था कि उसे ज़बानी याद थीं वे कहानियाँ। दादी के साथ पापा के ज़्वाइंट अकाउंट की कहानी, जिसमें जमा लाखों रुपए उनके जाते ही अचानक ग़ायब हो गए थे। गाँव में ख़रीदी गई चाचा के नाम की उस ज़मीन की कहानी, जिसकी रजिस्ट्री में कम पड़े पैसों की ख़बर सुन उसके जन्म के तुरंत बाद अस्पताल पहुँचे पापा उसी दम उसे माँ की बग़ल में

वापस लिटाकर पैसे लेकर उल्टे पैर दादा के साथ गाँव निकल पड़े थे। बीएड में माँ के फ़र्स्ट डिवीज़न से पास होने की चिट्ठी की कहानी, जिसे पाते ही दादी ने अपने गद्दे के नीचे छुपा लिया था और माँ को पाँच हफ़्ते बाद पता चला, जब तक सरकारी नियुक्ति के फ़ॉर्म भरने की आख़िरी तारीख़ निकल चुकी थी। बुआ की शादी की कहानी, जिसमें माँ का इकलौता सेट उनसे लेकर बुआ को चढ़ा दिया गया और माँ के विरोध पर रिश्तेदारों को उनकी ख़राब तबीयत का हवाला देकर उन्हें बुआ की विदाई तक कमरे में बंद करके रखा गया। अनगिनत ऐसे छोटे-बड़े क़िस्से सीलन से भरे उस कमरे के अंधेरे में घात लगाकर छिपे रहते और ख़ामोशी बढ़ते ही उन दोनों को एक बार फिर अपने आगोश में ले लेते।

उन कहानियों को दोहराते वक़्त माँ उसे कसकर भींच लेती। वह माँ की छाती में सिर छुपा हज़ारों दफ़े दोहराया प्रण फिर से ले बैठता, 'उसे माँ को दुनिया में सबसे ज़्यादा ख़ुश देखना है। सुख और सम्मान की सबसे ऊँची चोटी पर बिठाना है, जहाँ सारी दुनिया उन पर रश्क करे।' उस शाम ट्रिग्नोमेट्री के दस सवालों के बदले सौरभ की साइकिल पर उधार के पाँच चक्करों को भी भुला दिया जाता। बड़ी देर तक ख़ामोशी से बैठे रहने के बाद माँ रसोई में चली जाती और वह वापस किताबों में अपना सिर घुसा लेता। फिर माँ बग़ल में बैठ उसे कौर-कौर खिलाती जातीं और वह वहीं उनकी गोद में सो जाता।

विकल्पहीनता भी अपने आप में कम बड़ी नेमत नहीं। उसके सामने केवल पढ़ने और कुछ करने का एक रास्ता खुला था। वह उनके पार ना सोच पाता, ना देख पाता। माँ उसे पढ़ाने के लिए जर्जर ज़मींदारी के गुरूर से भरे परिवार को छोड़ आई थी, पापा की पेंशन और प्राइवेट स्कूल की नौकरी के अलावा उनके

पास बस उस घर के दमघोंटू दस साल की कहानियाँ ही थीं। वे दोनों एक-दूसरे के कंधे में बारी-बारी सहारा ले लिया करते। जिस रोज़ उसका क़द माँ से ऊंचा हो निकला, माँ चौकी की बग़ल में तख़्तेवाला एक फ़ोल्डिंग कॉट भी ले आई। इसके अलावा दोनों स्यामीज़ ट्विन्स की तरह घर और स्कूल के बीच साथ-साथ चलते रहे। इंजीनियरिंग के वर्षों में माँ ने भी स्कूल के कानपुरवाले ब्रांच में ट्रांसफ़र करवा लिया, हॉस्टल का ख़र्चा भी बचा और घर में दोनों का साथ बना रहा।

केवल बेंगलुरु के दो साल में उसे माँ की उपस्थिति के बिना सोचने-समझने, फ़ैसला लेने की ज़रूरत पड़ी। वह पहली ही दौड़ में लड़खड़ा गया। वह भीड़ में भटकी गाय की तरह माँ का कंधा ढूँढ़ने लगा। वह संकरे रास्ते से होकर रीले रेस का आख़िरी चक्कर पूरा करने के दिन थे, रुकने को कोई तैयार नहीं। वह हांफ गया। उसको देखकर ठिठकनेवाली बस एक थी। प्रिया रुकी तो नहीं, बस उसका हाथ पकड़कर साथ चलने लगी। धीरे-धीरे उसकी सांसें संयत होने लगीं, उसने प्रिया का हाथ भींचकर पकड़ लिया।

प्रिया उसको देखकर हंसती, 'बकल अप यंग मैन, पीपल एन्वी यू हीयर, यू कांट अफ़ोर्ड टू गेट ब्रेथलेस सो सून।'

'एन्वी।' उसकी आँखें और फैल जातीं। उसकी सुरंग-सी ज़िंदगी में यह शब्द कितनी बार कहा गया होगा? स्कूल में माँ के स्टाफ़ रूम की कलीग्स, फ़िज़िक्स कोचिंग में बत्रा सर, एआई के पेपर में डॉ. सोलंकी और घर में...घर? वह सोचकर झल्ला जाता। लोगों के घर-परिवार होते हैं, उसका संसार है। एक धुरीवाला संसार, माँ। उसके गुरुत्व के भार से वह स्थिर रहता है। घर और परिवार तो बनाना है उसे यहाँ से बाहर निकलकर। प्रिया अच्छी श्रोता थी और माधव के पास उसकी कहानियों का सीमित लेकिन एकदम दुरुस्त भंडार

था। हर पेंच सही जगह कसा हुआ। एकाध को छोड़ उसने सब ही सुना डाली होंगी।

एमबीए के दूसरे साल में बाबा की अंतिम हालत की ख़बर आई। वह चाहते थे कि उनके सामने तीनों बच्चों के बीच शहरवाले घर का बंटवारा हो जाए। गाँव की ज़मीन बेचकर उसके नाम के पाँच लाख के चेक के साथ उन्होंने माँ को बुलावा भेजा। माँ नहीं गई। पैसे भी नहीं लिए। वह सेमेस्टर ब्रेक में घर पहुँचा ही था, जब बाबा के मरने की ख़बर के साथ छोटे चाचा आए थे। माँ ने चाचा को अंदर आने को भी नहीं कहा। बस उनके जाने के बाद उसका हाथ पकड़कर अपने पुश्तैनी घर की ओर चल निकली थीं। अर्थी उठने को थी, माँ ने आँचल के छोर से चरण छुए और एक ओर सिर झुकाकर बैठी रहीं। उसने माँ का अनुसरण किया, इतने क़रीब से कि माँ का स्पर्श एक मिनट को भी दूर नहीं हुआ उससे। तब भी नहीं, जब अर्थी उठाने के लिए चाचा ने हौले से उसे आवाज़ दी। उसने बस एक बार माँ की आँखों में देखा और सिर झुका लिया। ना, माँ को इस घर में अकेला छोड़ उसे कहीं नहीं जाना। औरतों से भरे घर में उसने अगले चार घंटे उसी तरह सिर झुकाए बिता दिए, माँ की उंगलियाँ थामे। घाट से सबके लौटते ही वे दोनों उसी तरह वापस लौट आए।

आख़िरी सेमेस्टर में वह इकलौती नई कहानी थी, जो प्रिया ने उससे सुनी लेकिन इस बार चुपचाप नहीं।

'मैडी, तुम्हारा कोई बचपन नहीं था ना?'

'मतलब?'

'मतलब साइकिल से अचार के मर्तबान तोड़नेवाला, फुटबॉल से कांच फोड़नेवाला, वॉटर कलर से सोफ़े का कवर गंदा करनेवाला,

सामान फेंककर ज़िद में पैर पटकनेवाला बचपन, जो हम सबका रहा है।'

'तुम भूल रही हो, मेरे घर में सोफ़ा नहीं था।' वह चिड़चिड़ा हो गया।

'भूल तुम रहे हो, उस घर में तुम आठ साल की उम्र में गए थे, बचपन की यादें उसके पहले शुरू होती हैं। वैसे होने को तो ये सारी शैतानियाँ आधे कमरे के घर में भी हो सकती हैं। ट्रैफ़िक लाइट पर भीख मांगनेवाले बच्चे भी एक-दूसरे की पीठ पर चढ़-उतरकर धींगामुश्ती कर लेते हैं।'

वह बेबस बच्चे-सा उसकी ओर देखता रह गया था।

प्रिया उम्र में तीन साल बड़ी थी, दो साल की नौकरी के बाद एमबीए के लिए ब्रेक लिया था उसने। वह प्रिया का हाथ उसी ताक़त और तीव्रता से पकड़कर रखना चाहता था, जैसे इतने वर्षों तक माँ का। प्रिया ने कभी रोका नहीं, हाथ छुड़ाने की कोशिश नहीं की। उसके कंधे पर सिर रखता, तो हौले से उसके बाल भी सहला देती।

इंटर्नशिप के तीसरे हफ़्ते में ऑफ़र लेटर उसके हाथ में था, प्लेसमेंट वीक तक रुकने की ज़रूरत भी नहीं पड़ी।

पहली बार उसने दोनों हाथों से प्रिया का कंधा पकड़कर सीधा उसकी आँखों में झांका था, पौरुष के अधिकार और दर्प दोनों के साथ।

पहली बार प्रिया ने ख़ुद को उससे दूर हटा लिया था।

'लहूलुहान पैर संगमरमर के फ़र्श पर भी दर्द देते हैं मैडी। ख़ुशी, ख़ुशी से ही आती है। दुख कोई उपजाऊ मिट्टी नहीं, जो सुख के पेड़ खिला सके। उसके लिए सुख के बीज ही बोने होते हैं। तुम पैसे और ओहदे से माँ की ख़ुशियाँ चाहते हो। एक सुखी परिवार बनाने

का लाइसेंस भी। ज़िंदगी इतनी भी किताबी नहीं होती। एनिवेज़ तुम मुझे और अपनी माँ दोनों को साथ में ख़ुश नहीं रख पाओगे मैडी। आई विल प्रे कि कम-से-कम तुम अपनी माँ को ही ख़ुश रख पाओ।'

बेवकूफ़ थी प्रिया, एकदम स्पॉयल स्पोर्ट। वह ज़िंदगी की फुलप्रूफ़ स्क्रिप्ट लिख रहा था, हैप्पी एवर आफ़्टरवाली। हमेशा खिलखिलाती रानी की जगह ख़ाली थी वहाँ उसके लिए, गदबदे बच्चों के बीच मुस्कराती, पिक्चर परफ़ेक्ट। उसे अफ़सोस हुआ प्रिया के लिए, बस अफ़सोस। रिजेक्शन जैसा दुख तो बिलकुल नहीं।

कहानी का अगला प्लॉट दिल्ली में लिखा जाना था। वेल फ़र्निश्ड फ़्लैट और कंपनी फ़ायनेन्स्ड सेडान के साथ। एक बार फिर माँ साथ रहनेवाली थी। वह वापस अपने कम्फर्ट ज़ोन में जा सकता था।

सब सही था। उसकी कहानी पोएटिक जस्टिस की ओर बढ़ रही थी। कीर्ति पूरे रीति-रिवाज के साथ दो साल बाद उसकी ज़िंदगी में आई थी। उसने साइड टेबल पर रखी शादी की तस्वीर को देखा। माँ की पसंद ही नहीं, माँ की छाया भी। उसने विद्रूपवाली मुस्कान अपने पूरे चेहरे पर फैल जाने दी। और प्रिया? प्रिया कहीं नहीं गई, साये की तरह उसके साथ चलती रही। उसके चेहरे पर विद्रूप का रंग और गाढ़ा होता देखती रही।

'तुमने मुझे इनकार क्यों किया प्रिया?'

'क्योंकि तुम मचले नहीं मैडी। लगा था, तुम्हारे अंदर का सब मवाद ख़ाली कर उसमें ख़ुशियाँ भर सकूंगी लेकिन तुम तो दुखों को छोड़ने को तैयार ही नहीं थे।'

'इतने कड़वे सच कैसे बोल लेती हो तुम प्रिया? कम-से-कम मेरा दुख कम करने के लिए ही चुप रह जाती। जब जाना ही था, तो पूरी तरह जाती, केवल टीस देने को क्यों रह गईं?'

'तुम जाने जो नहीं देते मैडी। क्यों बार-बार बुला लेते हो? ठेस लगे बच्चे को सर-ए-राह छोड़ जाऊं, इतनी बुरी तो कभी भी नहीं थी।'

वह निढाल हो गया। ज़िद करना उसने सीखा नहीं था। बचपना तो कभी नहीं था। अब तो ख़ैर बचपन भी नहीं बचा।

कीर्ति से मिलने पर उसने तय किया था, उसके साथ अतीत का कोई पन्ना शेयर नहीं करेगा। बस सुविधाओं में पगा प्यार और उसकी नींव पर परिवार की शुरुआत की शर्त। माँ के एक-एक अधूरे सपने को पूरा करने को वह अब पूरी तरह तैयार था।

फिर प्रिया के कहे शब्द सच होने लगे।

जिस तत्परता से वह वर्षों पहले कही गई माँ की एक-एक चाहत को पूरा करता जाता, उसी प्रतिबद्धता से माँ अपने पुराने दुखों को सीने से और चिपकाए जाती।

प्रिया पार्श्व में हँसती रही, 'औरतों को गहने से कितना प्यार होता है, जानते हो ना माधव! एक बार पा लें, तो आसानी से छोड़ नहीं पातीं। तब भी नहीं, जब वे दुख को अपना गहना बनाने का निर्णय ले लें। जब तक जिएंगी, दुख को हार बनाकर पहनती रहेंगी। उसे किसी क़ीमत पर ख़ुद से अलग नहीं करेंगी।'

वह बेचारगी से देखता रहा। उसकी जोड़ी एक-एक ईंट माँ किस बेरुख़ी से नीचे गिराती रही। पहली ईंट दरक पड़ी, जब उसने

पहली बार कीर्ति के सामने कहानियों की पुरानी गठरी खोलने से माँ को टोका,

'छोड़ो ना माँ! क्या रखा है उन पुरानी बातों में? कुछ अच्छी बातें करते हैं ना।'

माँ उसे अविश्वास से देखती रह गई, जैसे कोई वर्षों से बटोरे ख़ज़ाने पर डाका डाल रहा हो। फिर सारी शाम रोती रही। उसके और कीर्ति के सभी सवालों, मनुहारों का जवाब दिए बिना।

माँ के सामने वह उसके बाद कभी खुलकर हँस नहीं सका। कीर्ति के साथ भी नहीं। धीरे-धीरे उसने देखा, पीछे छूटे रिश्ते माँ को एकाएक ज़रूरी लगने लगे। जिन नामों से उसका कभी कोई संबंध जुड़ने नहीं दिया गया था, वे अब माँ की ज़िंदगी का अहम हिस्सा होने लगे। माँ उनके दुखों को खोजकर उनमें डूबती उतरती रही।

माँ की कहानियाँ कीर्ति के सामने अनवरत चलती रहीं। कीर्ति अपने दुखों की गठरी साथ लेकर आई थी। उसके हिस्से माँ के दिए नए दुख जुड़ते रहे। उन दोनों के दुखों को वह बारिश में रूई की गठरी-सा ढोता रहा।

इस बार टीस दाएं हाथ में उठी। माधव ने आँखें खोलकर ख़ुद को टटोला। जाने कब से बाँह टेढ़ी करके ही सोता रहा था। मोबाइल पर हाथ गया। साढ़े तीन बज रहे थे। बालकनी में निस्तब्ध सन्नाटा था। भोर का तारा भी अभी तक नहीं निकला था। उसने बालकनी का दरवाज़ा खुला छोड़ दिया और रिक्लाइनर को उधर घुमाकर पसरा रहा।

रिश्तों में कर्तव्यों और अधिकारों की कोई लिखित परिभाषा नहीं। अगर कुछ होता है, तो थोड़ी-सी रस्साकशी, जिसके बाद यह तय

हो जाता है कि कौन किसे दुख देने का अधिकार हासिल कर सका है। इस रस्साकशी में उसके हाथ केवल रगड़ आई। माँ जब चाहे, उसे दुख पहुँचा सकती थी।

उसने उंगलियों पर जोड़ा, दो महीने तेरह दिन हो गए माँ को गाँव गए। इलाज के लिए छोटे चाचा का बेटा केतन दिल्ली आया था। उन दिनों डायरेक्टर प्रमोशन के लिए हाड़-तोड़ मशक़्क़त चल रही थी। इधर कीर्ति के लैब को नया पेटेंट फ़ाइल करना था, वह कई-कई दिन घर नहीं लौट पाती। केतन को ड्राइवर ही फ़ोर्टिस के चक्कर लगवाता रहा। जिस दिन प्रमोशन लेटर लेकर घर पहुँचा, माँ सामान बांधे केतन के साथ जाने को तैयार दिखी। चेहरे पर बिना कोई भाव लाए उसकी ख़बर सुनी और टैक्सी बुलाने को कह दिया, 'थोड़ा समय अपने घर में भी बिता लूँ, अब ज़िंदगी का क्या भरोसा।' माँ की किसी बात पर उसने हैरान होना कब का छोड़ दिया है। बस छाती पर गहरी कालिख-सा कुछ जमता जाता है।

'मैं क्या करूँ प्रिया?'

'ख़ुशी ढूँढ़ो मैडी। देने-पाने से अलग भी एक ख़ुशी होती है, मान-अपमान से परे, सुख-सम्मान के ऊपर। झोली फैलाने से नहीं मिलेगी। बस एक को पहचान लो। देखना, उसके आगे-पीछे कई तितलियों-सी फुदकती फिरेंगी। और सुनो, बार-बार मुझे परेशान करना बंद करो। रिमेम्बर, इट्स बीन इलेवन ईयर्स नाउ।'

तेज़ रोशनी से उसके माथे पर पसीने की बूँदें छलछला आई थीं। कॉफ़ी का मग लिए सविता थोड़ी दूर हिचकती खड़ी थी, 'कुर्सी पर ही सो गए भैया, पैर में सूजन बढ़ जाएगी।'

वह बड़ी देर तक उसे देखता रहा, 'आज नाश्ते में पूड़ियाँ बनाओगी सविता, आलू-टमाटर के साथ?'

नाश्ते के टेबल पर वेदिका ख़ुशी से उछल रही थी, 'यू वोंट बिलीव पापा, गोल्डी इज़ सो मच बेटर नाउ। ही इवन वॉक्ड अ बिट टुडे।'

नाश्ता ख़त्म करके उसने कीर्ति को मैसेज किया, 'नथिंग एवर गेट्स चेंज्ड अन्टिल वन ट्राइज़ टू। अब यह तुम्हें देखना है कि क्या हमारा रिश्ता केवल ज़रूरतें पूरी करने भर का है?'

अगला फ़ोन उसने केतन को किया, 'पैसे भेज रहा हूँ, माँ और चाचा-चाची के कमरों में एसी लगवा लो। माँ को अब गर्मी की आदत नहीं रही। सुविधा हुई, तो माँ जब तक चाहे वहाँ रह पाएगी।'

फिर दाएं हाथ में वॉकिंग स्टिक पकड़कर वेदिका को आवाज़ दी, 'लेट्स मीट योर गोल्डी बॉय टुडे।' वेदिका उसे आश्चर्य से देखती रही, फिर बड़ों-सी गंभीर शक्ल बनाकर उसका बायाँ हाथ अपने कंधे पर रख लिया।

पार्क से लौटकर माधव ने फ़ोन पर एहतियात से एक नंबर ढूँढ़ा, जैसे किसी अमूल्य खज़ाने को हाथ लगा रहा हो। प्रिया मेनन, उसने फ़ोन की स्क्रीन को सहलाया और ग्यारह साल बाद एक बार फिर नंबर डायल कर दिया।

पटना से चिट्ठी आई

'पटना से चिट्ठी आई, रास्ते में गिर गई, कोई देखा है?'

'नाहीं'

'पटना से चिट्ठी आई...'

बड़ा-सा वृत्त बनाकर अंदर को मुँह किए बैठे ढेर सारे बच्चे, उनके चारों ओर दौड़ लगाता एक बच्चा, रूमाल की शक्ल में एक की पीठ पर गिरी चिट्ठी, दौड़ना, पकड़ना, धौल-धप्पा, खिलखिल, झगड़े। काले दरवाज़े से टेक लगाए कुर्सी पर उकड़ू बैठी रश्मि कानों से देख सकती है सबको। इंद्रियों के बांटे हुए काम बड़े बेमतलब-से लगते हैं उसे। वह तो जब चाहे, एक से दूसरे का काम ले सकती है। छोटी के प्यार का स्वाद महसूस कर सकती है। माई की उदासी उंगलियों के पोरों से छू सकती है।

बादलों का बड़ा-सा टुकड़ा बंद आँखों पर से गुज़र गया, तो शाम के ढल जाने का एहसास हुआ। बच्चों की आवाज़ गडमडा गई है। रोज़ से ज़्यादा बच्चे हैं आज, तभी पता नहीं चल रहा, हँस रहे हैं या लड़ रहे हैं या किसी एक को चिढ़ा-रुलाकर मज़े लेनेवाली हँसी है ये।

बैठे-बैठे दायाँ पैर सो गया है। मुंडेर तक जाने में तलवे में तेज़ झुरझुरी होती है। आंगन में एस्बेस्टस की छतवाले अकेले कमरे और मैदान के बीच चहारदीवारी का एक हिस्सा अब ढह गया है

लेकिन उसे पार कर शाम के बाद इस ओर कोई बच्चा नहीं आता। टिकोले और कटहल चुराने भी नहीं।

शाम के धुंधलके में छत की मुंडेर से सारे बच्चे लगभग एक-से दिखते हैं, छोटे-बड़े, काले-काले। एक मरियल लेकिन बाक़ियों से काफ़ी लंबा लड़का दूर से थोड़ा अलग लग रहा था, नया आया था शायद। उसी को बीच में खड़ा कर बाक़ी सारे चारों ओर से हँस रहे हैं। थोड़ी देर योंही खड़ी रहकर देखती है रश्मि उन सबको। दीवार फांदकर भागती बिल्ली को, उस कबूतर के पंखों और हड्डियों के अवशेष को, जिसे वह अभी-अभी खा रही थी, मैदान में ईंटों के ढेर पर बैठे पैर हिलाते उस बच्चे को, जिसकी दाईं एड़ी में पट्टी बंधी है, टोकरियाँ नीचे रख बीड़ी के धुएँ के बीच सड़क किनारे बतियाती कुंजरिनों को, नीचे कमरे की खिड़की से निकलते छोटी की जलाई अगरबत्ती के धुएँ को।

बीच वाले लड़के ने अब आत्मरक्षा में हाथ में लकड़ी उठा ली थी और थोड़ा सहम-सहमकर लेकिन बड़ी तेज़ी से उसे चारों तरफ़ घुमाने लगा था। उसके चारों ओर बच्चों का घेरा थोड़ा बिखरने लगा था अब। बहुमत हार रहा था और आज का खेल बिना मज़े के ख़त्म होनेवाला था।

'देख रे देख करिया केवाड़ वाला भूत।' ईंटों के ढेर पर बैठे लड़के ने एकदम से कहा और सबसे पहले लंगड़ाकर भागने लगा। उसके पीछे रोते, चीखते, हंसते, ठठाते बाक़ी सारे बच्चे भी भाग लिए। लंबा मरियल लड़का हकबकाकर वहीं खड़ा रहा। रश्मि की ओर नज़र घुमाकर देखता रहा, जहाँ सब ने इशारा किया था। अंधेरे में थोड़ी देर आँखें मिलाने की कोशिश भी की फिर धीरे-धीरे पीछे हटने लगा। गड्ढे में पड़कर पैर लड़खड़ाए फिर एकदम से मुड़ा और भाग खड़ा हुआ।

रश्मि वहीं खड़ी रही। देखती रही एकटक सबको। यों उन सबके चीखने, भागने पर अब रोना नहीं आता उसे, डरकर नीचे माई की गोद में भी नहीं भागती। 'क्यों करते हैं सब ऐसा?' यह भी नहीं पूछती बल्कि कभी-कभी शाम ढले एकदम-से मुंडेर पर अवतरित होकर मुँह से अजीब-सी आवाज़ें निकालकर उन सबका खेल बिगाड़ने में परपीड़न की ख़ुशी भी होने लगी है उसे, पर सबसे ज़्यादा पीछे मुड़कर उस छाया को ढूँढ़ने की कोशिश करती है, जो उन सबको तो दिख जाती है लेकिन रश्मि को कभी नज़र नहीं आती।

इस छत पर डर ना उसे लगता है, ना अकेले खड़े इस कमरे को, जिसकी दीवारों से अब नंगी ईंटें भी झांकने लगी हैं। ज़्यादा जर्जर काला दरवाज़ा है या उस पर लटका ज़ंग खाया ताला, कहना मुश्किल है। फिर भी दोनों के बनाए उस तिलिस्म को तोड़ कोई अंदर नहीं जाता। काला दरवाज़ा दरअसल काला भी नहीं, बेहद बदरंग था। उसका रंग कभी नीले और हरे के बीच का कुछ रहा होगा। चौखट का एक बड़ा हिस्सा काला था बस, जला हुआ। उस दरवाज़े से कुर्सी टिकाकर बार-बार पढ़ी किताबें पढ़ना सबसे अच्छा लगता है उसे, बेताल पचीसी, भागवत, जासूसी उपन्यास, छोटी के कॉलेज की फटी किताबें, माई की अखंड ज्योति।

लालटेन का शीशा चमकाकर छोटी बत्ती बाल रही थी माई रसोई में। वह चुपचाप पलंग के सिरहाने पड़ी डायरी लेकर बैठ गई। कैसे बुलबुले हैं ये समय के, जो फूटते नहीं, बस दूसरे बुलबुले के भीतर स्वयं को समर्पित कर देते हैं। इनके पार इतनी हलचल दिखाई देती है लेकिन अंदर कुछ नहीं आ पाता। समय का बीतते जाना बस उसकी बढ़ती छातियों और भरती पिंडलियों पर अपने अक्स छोड़े जा रहा है या फिर छोटी के बालों की सफ़ेदी और माई की

झुकती कमर पर। रोज़ घर से बाहर निकलना छोड़े भी जाने कितने साल हो गए उसे। माई या छोटी ही जाती है राशन, सब्ज़ी लाने, पोस्ट ऑफ़िस से मनीऑर्डर लाने।

अपने खुलने-बंद होने का समय ज़ंग लगे लोहे के इस गेट को भी याद हो गया है। रश्मि को हमेशा लगता है कि किसी दिन अगर इसे समय से नहीं खोला गया, तो भी ये अपने आप खुल जा सिम-सिम हो जाएगा। सामने के दरवाज़े से लगभग हर शाम माई की मोटी सहेली आती है। अजीब तरीक़े से घुटने मोड़कर सीढ़ियाँ चढ़ती है। पूरे दो घंटे माई के साथ बैठ फिर वापस जाती है। उसकी कहानियाँ सास, ननदों से चलती अब अपनी बहुओं पर आ गई है।

पीछे के दरवाज़े से हर दूसरी-तीसरी रात आता है नथुने से आवाज़ निकालता वह नाटा आदमी। बाल सहलाकर रश्मि को सुलाती छोटी बहुत सावधानी से उठती, किवाड़ का पल्ला उढ़काकर रसोई के पीछेवाले उस कमरे में जाने के लिए, जहाँ चौकी के ऊपर माई के पीतल के बड़े बर्तन और अचार के मर्तबान रखे होते थे। पीतल के बर्तनों को माई बिना इस्तेमाल भी हर महीने घिस-घिसकर चमकाती थी। आंवले, कटहल, आम, लाल मिर्च के अचार से सजे माई के मर्तबान उसके लिए देवता-पित्तर समान थे। उन्हें ज़मीन छू भी जाए, उसे बर्दाश्त नहीं था।

लेकिन रश्मि जानती है कि हर दूसरी रात ये भारी-भारी बर्तन चौकी के नीचे उतारे जाते हैं, छोटी और नाटे आदमी के लिए जगह बनाने को, सुबह माई के उठने से पहले वापस ऊपर रखे जाने के लिए। कुछ साल हुए, एक बार छोटी के जाते ही रसोई की खिड़की से झांक लिया था उसने। छोटी के ऊपर चढ़े उस आदमी की रेत की ढूहों-सी धसकती सांसों और जबड़ों के बीच फंसी लार की

कई-कई लकीरों को याद करके फिर मारे दहशत कई रातों तक नींद नहीं आई थी उसे।

'छोटी...' माई की आवाज़ हमेशा से पत्थरों के घिसने की-सी रही है। बस वक़्त ने पत्थरों को चिकना कर दिया है अब। आवाज़ की धार ख़त्म हो गई है।

छोटी कई साल से घर में इकलौती है फिर भी छोटी है। दिन-रात उसे आवाज़ देती, चिड़चिड़ाती माई को अब क्या 'बड़ी' की याद नहीं आती? अक्सर सोचती है रश्मि, 'बड़ी' का चेहरा याद भी नहीं आता अब? बस आवाज़ याद है, खुरदुरी-सी, छोटी की तरह महीन नहीं। इस घर की दीवारों पर कोई फ़ोटो नहीं है, सिवाय माई के सास-ससुर की और एक माई और बाबा की अपने तीनों बच्चों के साथ। दुर्गा जी का एक कैलेंडर भी है जाने कितने साल पुराना, जो बार-बार पलस्तर की परत के साथ उखड़ जाता है, जिसे छोटी आटे की लेई बनाकर उसी जगह चिपका देती है।

छोटी सिलबट्टे पर सरसों पीस रही है। सेम दोपहर को वही तोड़कर लाई थी एस्बेस्टस की छत तक जाती लत्तियों से। सरसों वाला सेम बनाते समय माई धीरे-धीरे गुनगुना रही है। क्या ये उसे कभी समझ नहीं आता?

नहीं समझ में आनेवाली बातों की परवाह तो जाने कब से छोड़ रखी है उसने। सवाल उसके सामने अब टेढ़ी लकीरें नहीं बनाते, बस सीधी लकीर में साथ-साथ चलते जाते हैं, चुपचाप, बिना उसे छेड़े। बचपन पूछे गए अबोध सवालों का पुलिंदा था, तो जवानी ना पूछे जा सकने वाले सवालों की गठरी।

स्कूल की उस लड़की का चेहरा और नाम अब भी याद है। सुम्मी, छोटे माथे और चमकीली आँखोंवाली। मुंहफट थी बहुत। एक दिन

स्कूल के पीछे अपने घर ले गई दाल के पिट्ठे खिलाने। दो-तीन और लड़कियाँ भी थीं साथ में।

'ऐ तुम्हारा नाम कौन रक्खा रश्मि, तुम्हारी मम्मी कि ऊ दादी आ कि फुआ तुम्हारी?'

'छोटी', उसने बिना सोचे कहा। एक यही बात थी, जो छोटी उसे बार-बार बताती थी। बड़ी चाहती थी 'रजनी' नाम लेकिन छोटी ज़िद पकड़कर बैठ गई थी।

'तुमको भी मारती है क्या घर में? हमको सब पता है। सब पकड़कर हाथ-पैर बाँधकर, कपड़ा भी ठूंस दिया था उसके मुँह में, चिल्लाते बाहर भागी थी और चौखट पर गिर गई थी तुम्हारी मम्मी। फिर चौखट भी आग पकड़ लिया था, पता है तुमको। झूठ-मूठ दिखाने के लिए हॉस्पिटल ले गया था सब लेकिन रास्ते में मर गई थी तुम्हारी मम्मी, सब पता है हमको। और पप्पा कहाँ गए जी भागकर तुम्हारे जानती हो तुम? रेलवे लाइन के पीछे का एक आदमी देखा था उनको पंजाब में कि दिल्ली में कहीं।'

'तुम्हारी मम्मी, तुम्हारी मम, तुम्हारी...', अंधेरा होने पर लौटते हुए बड़ी देर तक इन शब्दों को दोहराती, उनसे पहचान बनाने की कोशिश करती आई थी रश्मि। घर पहुँची, तो माई बेहाल गेट पर खड़ी थी, छोटी सड़क पर। देखते ही एक झन्नाटेदार थप्पड़ दिया छोटी ने उसको। पहली बार पूरी रात आँगन में पैर पटक-पटककर मम्मी-मम्मी कहकर रोती रही वह। सुबह बिना छोटी से बाल बनवाए स्कूल गई, सुम्मी से मम्मी की सारी कहानी सुनने का प्रण किए। बैग में छुपाकर दो फ्रॉक भी रख लिए थे। मन हुआ तो कभी वापस नहीं आएगी लेकिन स्कूल में सुम्मी ही पलट गई।

'हम नहीं बोलेंगे अब तुमसे। मम्मी मारेगी। कल्ले बहुत डांटी थी तुमको देखकर।'

उस दिन के बाद रश्मि कभी स्कूल नहीं गई।

बचपन की यादों की पिटारी में कुछ और दृश्य भी थे।

माई थी। बड़ी और छोटी दोनों। बड़ी ने साड़ी पहनी थी नारंगी रंग की और ख़ूब सारा नारंगी सिंदूर उसके माथे पर। पीछे मंदिर भी था। फिर बड़ी माई के गले लगकर चली गई और कभी वापस नहीं आई। माई की मोटी सहेली के घर बस एक फ़ोन आया था उसके ससुराल से। बेटी हुई थी मरी हुई। उसी के साथ वह भी...

'असम', माई उसका नाम लेकर हमेशा छत की ओर हाथ उठाती थी।

'असम की जादूगरनी खा गई रे हमरी बेटी को।' अचानक से बीच-बीच में माई छाती पीटकर विलाप करने लगती। छोटी माई को पानी पिलाकर अंदर सुला देती और ख़ुद दरवाज़े पर बैठकर सिसकने लगती। उस दिन फिर घर में चूल्हा नहीं जलता।

और एक बाबा भी थे। चेहरा बिलकुल याद नहीं। माई की बग़ल में जो फ़ोटो है, उसी को बिठा लिया है अपनी यादों के साथ। माई कई साल तक जेल में मिलने जाती रही। फिर एक बार नहीं मिले। कोई बोला, दूसरे जेल में गए। कोई बोला, अस्पताल में हैं।

फिर एक दिन दरबान ने बताया, 'हाँ मर गया ऊ तो कब्बे। मलेरिया हुआ था। चिट्ठी गया नहीं तुमको? कोई आया नहीं बॉडी लेने तो कब तक वेट करते।'

बहुत दिन तक मानने को तैयार नहीं थी माई। रोज़ जेल जाती, थाना जाती, वकील बाबू के घर जाती।

एक दिन नहाकर निकली बिना सिंदूर और चूड़ी के, छोटी ने फटी-फटी आँखों से देखा और वहीं फ़र्श पर बुक्का फाड़कर रोने लगी। उस दिन भी घर में चूल्हा नहीं जला। अगली सुबह माई उसे और छोटी को लेकर सिमरिया गई गंगा नहाने। बाबा का क्रिया-कर्म उतनी ही देर का रहा। बाबा का नाम लेकर माई हमेशा फ़र्श की ओर इशारा करती है।

खाना परोसकर छोटी आवाज़ दे रही है। माई ने अपने पीढ़े पर बैठ खाना शुरू भी कर दिया है।

'आज खा काहे नहीं रही हो ठीक से।' छोटी ने उसे टोहका दिया। पता नहीं क्यों, उसने मन-ही-मन सोचा, कभी-कभी सवाल उसका रास्ता काटने की हिमाकत भी कर लेते हैं फिर उस दिन भूख नहीं लगती। सरसों वाला सेम देखकर भी नहीं। नींद भी नहीं आती ठीक से।

माई खाना खाकर सोने चली गई है। मोढ़े पर बैठी छोटी उसकी तेल-चोटी करने लगी।

'छोटी तुम थी क्या उस दिन? आवाज़ आई थी काले दरवाज़े वाले कमरे से? चिल्लाई थी वह? कितनी देर रही थी उसके बाद? मैं कहाँ थी? उसके बाद क्या हुआ?' पूछना चाहती है रश्मि। बाल थोड़े ज़ोर-से खिंचे, उसके हल्के ऊह से शिकन आ गई छोटी के चेहरे पर, हाथों में पकड़े बाल छोड़ उसका माथा सहलाने लगी फिर हल्के हाथों से ढीली चोटी बना दी।

सवाल थूक के साथ गटककर रश्मि पैर के नाख़ून से फ़र्श कुरेदने लगी।

क्रिक-क्रिक, नाख़ूनों की आवाज़ कान में गूंजती है। अजीब-सी गुदगुदी होती है रीढ़ की हड्डी में।

'बंद करो ये।' छोटी ने हौले-से मारा सिर पर।

'उंहूं।' उसने दूसरा पैर भी घिस दिया फ़र्श पर।

छोटी ने तेल परे सरकाकर रीढ़ की हड्डी पर उसी जगह गुदगुदी लगाई। दुपट्टा संभालती भागी रश्मि फिर छत पर।

चांद सिर पर आ गया है। सारी छतें, मैदान सब ख़ाली। अब समय है नारियल के पेड़वाले घर की बहू के छत पर होने का। हौले-हौले अपनी छत के कई चक्कर लगाती है वह, फिर थके हुए क़दमों से नीचे चली जाती है। छोटी भी नीचे से सोने के लिए आवाज़ दे रही है। आज नाटे आदमी के आने का दिन है शायद या शायद नहीं। आजकल कई-कई दिन नहीं आता, कभी रोज़ भी।

माई को बुख़ार था, सिर में दर्द भी। छोटी पोस्ट ऑफ़िस से मनीऑर्डर लाने गई थी लेकिन ख़ाली हाथ लौटी। पैसा तीन-चार दिन बाद भी नहीं आया। थोड़े दिन दर्द से रिरियाकर माई की तबीयत बेहतर हो गई। सेम के बाद आँगन के बैंगन भी ख़त्म हो गए, तो छोटी ने दाल भिगो दिया और सड़क पार नाले पर लगे अरिकंच के पत्ते तोड़ लाई। फिर मर्तबानों में सूख गए आंवले के अचार की चटनी बनाई गई। फिर पैसे एक महीने की देरी से मिले। अगली बार फिर दो महीने पर आए।

माई की तबीयत हमेशा ही ख़राब रहने लगी है। उसकी चिड़चिड़ाने की आदत अब छोटी ने ले ली है। लेकिन घर में अब सब्ज़ियाँ कम नहीं पड़तीं। छोटी के हाथ में एक मोबाइल फ़ोन भी आ गया है। बाज़ार से अपने लिए दो नई साड़ियाँ भी ले आई है। एक पीले फूलोंवाला कुर्ता रश्मि के लिए। नाटा आदमी अब सीधे दरवाज़े से आता है। माई के सामने तनकर बैठता है। उसके सामने छोटी दौड़-दौड़कर चाय-नाश्ता लाती है। माई भी उसके सामने

चुपचाप सहमी-सी रहती है लेकिन जब तक वह रहता है, रश्मि को सामने आने की सख़्त मनाही है। उसके जाते ही माई बिस्तर से चिड़चिड़ाती छोटी को गालियाँ देती रोने लगती है। फिर थककर सो जाती है। छोटी खाना बनाकर माई की चौकी की बग़ल की तिपाई पर रख आती है। फिर आधी रात को अपने बाल बनाती है। आँखों में काजल लगाती है।

छोटी के बाज़ार जाते ही माई ने उसे साथ लेकर काले दरवाज़े का ताला खोला। अंदर एक पलंग है। दो कुर्सियाँ और एक नीला संदूक। कुछ काग़ज़ संदूक में बिछे अख़बार के नीचे से निकले हैं। माई ने जल्दी-जल्दी पोस्टकार्ड पर चार लाइनें लिखीं और ख़ुद ही गेट के बाहर निकल गई। लौटकर बड़ी देर तक गोद में उसका सिर रखकर सहलाती रही।

तीन हफ़्ते बाद वह आए। खिचड़ी दाढ़ी और पनियाली आँखोंवाले, पैजामा, कुर्ता, बदरंग-सा जैकेट पहने। असमंजस में गेट खड़काकर वहीं खड़े रहे, माई ने भी थोड़ा रुककर ही पहचाना।

'ये नाना हैं तुम्हारे, तुम्हारी मम्मी के बाबू।' इतने वर्षों में पहली बार माई के मुँह से उसने मम्मी का नाम सुना है।

छोटी पहले हतप्रभ-सी तीनों को देखती रही लेकिन कहा कुछ नहीं। उसी ने दो चोटियाँ गूंथ दीं। उसका लाया पीले फूलवाला कुर्ता पहन लिया है। बाक़ी कपड़े और किताबें काले बैग में हैं। छोटी लगातार रो रही है। माई ने आँसू पोंछते हुए पसीने से भीगी उसकी हथेली पर सौ का नोट रख दिया।

बस हिचकोले खा रही है। गर्म हवा के झोंके से उसका उनींदा सिर उनकी गर्दन पर टिक गया, तो उसने शर्म से अपनी गर्दन दूसरी ओर कर ली। उनकी आँखों में जैसे वात्सल्य और बेचारगी के बीच

का कुछ अटक गया है। सड़क के दोनों ओर केले के हज़ारों पेड़ नज़र आ रहे हैं। बस रुकी हुई है।

'यहाँ से आधा घंटा और', उसके हाथ पर दो पेड़े और पानी का ग्लास रखते हुए उन्होंने कहा। वह भी मुस्कराना चाहती है लेकिन कुछ है, जो आत्मीयता के धागे उन तक पहुँचने से पहले ही तोड़ देता है।

उनके साथ घर में घुसते ही पहले बरामदे के साथ लगा बाथरूम नज़र आया है। फिर रेलगाड़ी के डब्बों-से तीन कमरे, जिनसे निकलकर कई सारे उत्सुक चेहरों ने उसे घेर लिया है। बड़े-छोटे बच्चे सीढ़ी की शक्ल में लाइन लगाकर खड़े हैं। उसे मैदान में खेलते बच्चे याद आए।

'कसैय्या घर से घुर आई रे हम्मर मुनिया।' चौड़ी मांग पर ख़ूब सारा सिंदूर भरे दुबली-पतली-सी बूढ़ी रोते-रोते बार-बार उसका माथा चूम रही है। दो कमउम्र औरतें एक दूसरे को केहुनी से टोहका दे रही हैं।

उसके गले में बार-बार कुछ अटक रहा है। थाली में घी लगी गरम रोटियाँ रखी जा रही हैं। वह कहना चाहती है, घी उसको पसंद नहीं है। खाने में नमक कम है, मिर्ची भी लेकिन गले से आवाज़ नहीं निकल रही।

पहले कमरे में अगल-बगल दो पलंग लगे हैं। एक पर नानी उसे साथ लेकर सो गई है। दूसरा ख़ाली है अभी। बग़ल के कमरे से घुटी-घुटी आवाज़ें आ रहीं हैं, 'अभी काहे आई है?'

'हमहू तो नहीं खोज-ख़बर लिए एतना साल। ख़ाली केस-कचहरी करते रहे।' जवाब देनेवाली आवाज़ नाना की है।

'कब तक रहेगी?'

'यहीं रहेगी अब।'

'हमेसा?'

'हमेसा काहे रहेगी, बियाह जोग लड़की है।'

'और बियाह कौन कराएगा?' आवाज़ में उत्तेजना है।

'हम आउर कौन।' जवाब देनेवाली आवाज़ में लेकिन ज़ोर कम हो गया है।

उसने अपनी आँखें ज़ोर से भींच लीं। छोटी की आँखों के नीचे के काले धब्बे और माई की झुर्रियों की याद उसे धीरे-धीरे नींद के आगोश में ले जा रही है।

वारिस

मंजूजी की भिंचीं आँखों पर मोतियों-सी बूँदें झिलमिला रही थीं। चंद सेकेंड और फिर यह खारा पानी उनकी चाय के कप में नमकीन सतह बन तैरने लगेगा। डॉक्टर सिन्हा ने धीरे से उनका कप आगे सरका बाएं हाथ से उनकी भिंची दाईं मुट्ठी को पकड़ लिया। तैंतालीस साल के साथ के बाद प्यार की जगह भले ही उलाहने ले लें, एक-दूसरे की आदतों के साथ हमनवाई ख़ूब हो जाती है। चाय का पहला कप तय करता है मंजूजी के पूरे दिन का मूड। उसे एहतियात से बनाने का हुनर सबके पास कहाँ से हो सकता था। महीनों लगते। पत्ती, चीनी, दूध का सही अनुपात समझने में। बर्नर की आँच को सही तापमान पर स्थिर करने में। झुँझलाकर मंजूजी पहली चाय ख़ुद ही बना लेतीं। वह भी बोन चाइना के नफ़ीस कप में नहीं, बड़े-से कॉफ़ी मग में, जो वर्षों पहले समीर लेकर आया था शहर में खुले पहले आर्चीज़ स्टोर से। उनकी जन्मराशि वृश्चिक की तस्वीर और विवरणवाला मग।

मंजूजी की चाय तो ख़ैर वह क्या ही बना पाता। उसे तो दो ही लोग पूरी तरह साध पाए थे, स्वरा और लछमी। स्वरा, जो अभी केपटाउन में आधी रात की मीठी नींद सो रही होगी और लछमी, जो किचन में पटरे पर बैठी अपनी चाय के कप में जिस्म और दिल का दर्द उड़ेल रही है। उन्होंने रसोई के दरवाज़े से अपनी नज़रें हटाकर वापस डायनिंग टेबल पर घुमाईं। मंजूजी ने उनका हाथ परे सरकाकर चाय का कप अपने होंठों से लगा लिया था।

उनके होंठों पर हल्की मुस्कान तैर आई। मंजूजी का बस चलता, तो पतीले से चाय सीधा अपने मुँह में छनवा लेतीं। उन्होंने अपनी चाय का प्याला पास खिसका लिया।

ड्रॉइंग रूम में पड़ी डाक के ढेर से जर्नल ऑफ़ न्यूक्लियर मेडिसिन की पैकिंग खोल डॉ. सिन्हा अपनी ईज़ी चेयर पर पसर गए। घर के अंदर की शांति उन्हें अभी थोड़ी-थोड़ी भली लग रही थी। बाक़ी दिन तो लछमी और उसकी मालकिन की बकझक ना चाहते हुए भी उनके और उनके रिसर्च पेपर्स के बीच झीनी दीवार बनाती-बिगाड़ती चली जाती थी। जाने मंजूजी को घर के सहायकों से दुनिया-जहान की बातें बतियाने में क्या सुकून मिलता था। एक वह हैं, छत्तीस साल पारस साथ में कम्पाउंडर रहा। मजाल जो काम के अलावा कोई बात कहने की हिम्मत हुई हो उसकी। अगले ही पल अपने स्वार्थ पर उन्हें ख़ुद ही शर्मिंदगी हो आई।

क्या बात करेगी आज लछमी बिचारी? सूजकर बाईं ओर लटक गए होंठ और नुची-खुरची पीठ ने ख़ुद सारी कहानी कह नहीं दी थी क्या सुबह-सुबह? और वैसे भी क्या करेंगे वह टेली मेडिसिन के नए आयामों के बार में जानकर अब? पाँच साल हो गए रिटायर हुए। क्लीनिक को ताला लगाए भी चार साल होने को हैं। कितना हंगामा मचा था शहर में। सबसे मशहूर फ़िज़िशियन के अचानक सब कुछ छोड़ देने के फ़ैसले पर। मेडिकल कॉलेज में डिपार्टमेंट हेड। चाहते तो एक्सटेंशन ले लेते। वहाँ से रिटायर हुए, तो फिर भी पुराने मरीज़ों को राहत थी कि नर्सिंग होम तो है। लेकिन साल भर में ही अचानक सब समेट बैठे।

छियासठ भी कोई उम्र होती है डॉक्टरों के रिटायर होने की? सर्जन भी सत्तर पार पहुँचकर काम समेटने की सोचता है, फिर फ़िज़िशियन भला कैसे रिटायर होने की सोच सकता है? वह भी

इतनी जमी-जमाई प्रैक्टिस छोड़कर? लेकिन डॉ. सिन्हा ने सोच लिया, तो बस सोच लिया। किसी ने उनसे मुँह भर बात कब की थी, जो उनके मन की थाह समझ पाता। अटकलें लगीं बस। बच्चे विदेश में बस गए। अब घूमेंगे-फिरेंगे, रहेंगे वहाँ जाकर दोनों लेकिन वह भी कहाँ हुआ। बच्चे पहले की तरह गाहे-बगाहे आते-जाते रहे। बंगले की हरियाली वैसी ही रही। लॉन के झूले पर मंजूजी की बग़ल में कुर्सी लगाए अब डॉ. सिन्हा भी नज़र आने लगे। कभी-कभार पार्टी-वार्टी में भी नज़र आ जाते। क्लब जाने का वक़्त उनके पास पहले भी नहीं था। अब भी दिखाई नहीं पड़ते। सड़क पर उनकी गाड़ी नज़र आती, तो लोग वैसे ही आदर से रास्ता दे देते।

कितने परिवार होंगे आस-पास के, जिन्होंने उन्हें रात-बिरात दस्तक नहीं दी होगी और नाइट गाउन की डोरी बाँधते डॉ. सिन्हा बंगले के क्लीनिकवाले कमरे में बिना शिकायत उन्हें देखने नहीं आए होंगे। अब तो जैसे शहर को डॉ. सिन्हा और उनके नर्सिंग होम के बिना रहने की आदत पड़ गई थी। भूला-भटका कोई आ भी जाता, तो लल्लन उन्हें डॉ. बनर्जी या डॉ. अवस्थी का पता बता देता। पारस को उन्होंने पहले ही अवस्थी के क्लीनिक पर रखवा दिया था। एक उनके प्रैक्टिस बंद करने से शहर के आधा दर्जन अधेड़ डॉक्टरों की क़िस्मत ने पलटा खाया था। मधुर कई बार हँसकर उन्हें बताता रहता। वह मुस्कराकर रह जाते। चार साल से हर दूसरे हफ़्ते मधुर का आना जारी था। वजह केवल बरसों की दोस्ती ही हो, ऐसा नहीं था। मधुर का बेटा शहर का नामी बिल्डर बन गया था। प्राइम लोकेशन पर बंद पड़ा उनका तीन मंज़िला नर्सिंग होम उसकी आँखों में नहीं चढ़ा हो, यह संभव नहीं। हर बार मधुर के टोह लेने पर वह हँसकर टाल देते। उनके बाद फल-फूल रहे आधा दर्जन डॉक्टर भी हर पार्टी में घुमा-फिराकर नर्सिंग

होम का ज़िक्र छेड़ ही देते। दुनियादारी का तकाज़ा यही था, बिके चाहे किराए पर उठे, नर्सिंग होम का वारिस सिन्हा परिवार से तो आने से रहा।

'अंकल जी, और चाय पिएंगे? आँटी का बन रहा है।' लछमी जाने कब पीछे आकर खड़ी हो गई। आँखों से रोज़ वाली चपलता ग़ायब थी। काग़ज़ समेटने का उपक्रम करती उनसे भरसक नज़र चुराने की कोशिश करती रही।

'अपनी आँटी को ही पिलाओ तुम। हम तैयार हो लें। नाश्ते के साथ ले लेंगे।' वह अपने बेडरूम की ओर बढ़ गए। शावर खोलते ही एक साथ जाने कितने ख़याल ज़ेहन से गुज़र गए। पहला ख़याल स्वरा का आया। लछमी को देखते ही हमेशा आ जाता था।

'कुछ भी बोलते हैं आप डॉक्टर साहब।' मंजूजी हर बार यही कहतीं, 'कहाँ अपनी हड़बोंग स्वरा! चलती-फिरती, तो भी लगता आँधी गुज़र कर गई है और कहाँ यह भँवरे-सी गुनगुनाती लछमी, जब तक कान पास ना लेकर जाओ, ना उसकी ख़ुशी समझ आती है, ना दुख। आधी बातें तो आँखों से ही करती है लड़की। बाइस-तेइस साल की स्वरा याद है भी आपको?' मंजूजी को अचानक लगता कि उन्होंने बेटी का पलड़ा नौकरानी की तुलना में कुछ ज़्यादा ही हल्का कर दिया है, 'कैसी ख़रगोश-सी सफ़ेद थी, वैसी ही गोल आँखें, गुदबुदा बदन।'

'याद', यह शब्द ही तो दुखती रग थी डॉक्टर साहब की। यादों के मुकम्मल होने के लिए गुज़रे बरसों के पन्ने तो अलग-अलग होने होते थे। उनकी ज़िंदगी के तो जैसे सारे ही सफ़्हे एक रंग से रंगे हुए थे। हॉस्पिटल, क्लीनिक और घर। रात को कोई दरवाज़ा नहीं

खटखटा गया, तो चैन से सो लिए वरना पलकों पर नींद का उधार अगली शाम तक के लिए चढ़ा लिया। हॉस्पिटल के क्वार्टर से इस कैंपस में शिफ़्ट हुए। पहले अहाते में बने पुराने घर में, फिर इस बंगले में। कब बंगले की नींव पड़ी, कब वह एक मंज़िल से दो मंज़िल का हो गया, उन्हें पता भी कहाँ चला। मंजूजी लल्लन की मदद से सब संभालती रहीं। कब स्वरा गुदबुदी ख़रगोश से सीधे-सतर चालवाली साइबर सिक्योरिटी एक्सपर्ट बन गई, कब उनसे छुपता-छुपाता समीर पंख लगाकर उनकी नज़र से दूर उड़ गया और कब हर रात प्लास्टिक की गन से हैंड्सअप कहकर उनका स्वागत करने वाला संभव उन सबकी पकड़ की सीमा से.... वही एक पन्ना अलग था उनके जीवन का बल्कि एक पूरा अध्याय, स्याह रंग में रंगा हुआ। उन्होंने चेहरे पर गिरते ठंडे पानी में पतली गर्म धार महसूस की।

आज का ध्यान और दिनों से लंबा चला। नीचे पहुँचे, तो गर्म पराठों के साथ दो तरह की सब्ज़ी और अचार, चटनी से सजी थाली डायनिंग टेबल पर उनका इंतज़ार कर रही थी। यह आदत रिटायर होने के बाद भी नहीं बदलती मंजूजी की। प्रैक्टिस के दिनों से ही ऐसा गरिष्ठ नाश्ता कराकर भेजती थीं। पता था, रात जब तक घर लौटकर नहीं आएं, तब तक चलते-फिरते ऐसे ही कौर दो कौर का खाना पेट में जाना है। पर अब तो उम्र हुई, इंसान उबला-हल्का कुछ खाकर दिन शुरू करे। लेकिन बरसों पुरानी आदत में ज़रा भी फेर-बदल बर्दाश्त कर लें, तो मंजूजी कहाँ। मंजूजी के पूजाघर में घंटियों की तेज़ आवाज़ गूँज उठी। मतलब उनकी पूजा भी निबटने को है। लछमी किचन में फिर चाय बना रही थी। उन्होंने ग़ौर से उसकी पतली कलाई को देखा, सांवले रंग पर कई जगह चोट के बैंगनी निशान। उनका दिल पसीज गया। चोट और दर्द को देखना उनके लिए नया तो ना था

लेकिन उन्हें अब तक बस उनके पीछे की क्लीनिकल कारणों की पड़ताल करने की आदत थी। भावनात्मक वजहों को जानना उनके पेशे की ज़द के बाहर था।

यह लड़की उनकी दहलीज़ लाँघकर पहली बार कब आई थी, उन्हें नहीं पता। इसके पहले उनके घर किस-किसने कितने बरस काटे थे, उन्हें इसकी भी ख़बर नहीं। बल्कि आजकल भी कितने लोगों का रोज़गार उनकी इस निचुड़ी गृहस्थी पर टिका हुआ है, उन्हें याद नहीं रहता। पारस और लल्लन के अलावा उन्हें किसी की ख़बर नहीं।

जब प्रैक्टिस छोड़ी, तो कई महीने तक तैयार होकर घंटों गार्डन में बैठे रहते, जैसे बाहर रहने का भ्रम बने रहने देना चाहते हों। मंजूजी भी अटपटाती-सी अंदर-बाहर करती रहतीं, उन्हें जैसे समझ नहीं आता कि अचानक से पूरे का पूरा हासिल हो गए पति का वह करें क्या। फिर जब बैठकी लॉन और बरामदे से उठकर ड्रॉइंग रूम में जमने लगी, तो सबसे ज़्यादा इस चुप्पा लड़की के बारे में टुकड़ों-टुकड़ों में पता चलने लगा। यह लड़की क्या, वह तो पहली बार अपनी पत्नी, अपनी गृहस्थी सबको कतरा-कतरा समझने लगे।

सबसे पहले इसी बात पर नज़र गई। धोबी, जमादार, माली जो भी आता है, सबको बिठाकर मंजूजी जाने क्या-क्या बतियाती रहतीं। पारस और लल्लन का तो पूरा ख़ानदान कंठस्थ था उन्हें। इतने सारे लोगों की इतनी सारी कहानियाँ कैसे याद रख सकता है कोई भला? इससे तो काम से काम रखने की आदत ही भली। कई बार टोका भी। फिर दिन भर अनमनी रही पत्नी को देख ग्लानि में भर जाते। रिटायर पति, वह भी उनके जैसा छिटका रहा इंसान, वैसे भी पत्नी की गृहस्थी में मेहमान की हैसियत से

ही रहता है लेकिन कई बार ख़ुद को रोकने के लिए ज़बरदस्त इच्छाशक्ति चाहिए होती।

लछमी पर उन्हीं दिनों ग़ौर किया उन्होंने। मंजूजी की दिनचर्या के हर ख़ाली हिस्से को भरती वह साँवली, सुघड़ लड़की। हल्के रंग के सूट, सलवार और लंबे बालों की ढीली चोटी। माँग में सिंदूर की लंबी लकीर और छोटी लाल बिंदी। बाक़ी लोगों की तरह उनको मालकिन या माँजी नहीं बल्कि आँटी बुलाती।

कभी-कभी चाय की चुस्कियों के बीच मंजूजी हँसतीं, 'जाने किसने इतनी स्मार्ट लड़की को इतने पुराने ढब का नाम दे दिया है, कम-से-कम लक्ष्मी ही रख देते।' साहित्यानुरागी मंजूजी को उच्चारण में हेर-फेर कब बर्दाश्त हो सकता था भला।

वह हँसी में भागदारी करती उनके कानों के पास गुनगुनाती, 'नाम बदलने से और क्या-क्या बदल जाता आँटी?'

कभी-कभी वह जर्नल्स में मुँह घुसाए चुपके-से उनकी बातें सुनते रहते।

'हाथ उठाता है, तो मरोड़ क्यों नहीं देती उसी दम। मर्द का क्या है, जितना दबोगी, उतना दबाएगा।'

'बढ़िया है। आज पीली साड़ी पहना रहा है। कल चमड़ी उधेड़कर उसी को लाल कर देगा। मर्द के ना प्यार का भरोसा, ना लात का।' किसी दिन मंजूजी की आवाज़ में विद्रूप झलकता।

'मर्द की आँखों में उँगली डालकर नहीं दिखाओगी, तो उसको कभी नज़र नहीं आएगा तुम्हारा दुख। सहने का क्या है, पूरी उम्र ही गुज़र जाएगी।'

डॉ. सिन्हा को कई बार लगता कि मर्द के नाम से शुरू किया मंजू जी का हर वाक्य उन्हीं को लक्षित रहता है। वह ख़ुद को जर्नल्स में पूरी तरह दफ़्न कर देना चाहते।

'सुन लो साफ़-साफ़ तुम! अगली बार पिटी, तो इस गेट के अंदर मत आना, दूसरा घर ढूँढ़ लो अपने लिए।' किसी दिन मामला सचमुच गंभीर लगता।

फिर शाम तक मालिकन और सेविका का सुलहनामे पर इक़रार हो जाता और उनकी एकरस ज़िंदगी उसी ढर्रे पर लौट आती। पिछली बार जब पिटकर आई लछमी, तो मालकिन ने स्टोर के बग़लवाला कमरा उसके लिए खोल दिया था, 'यहीं रहो कुछ दिन। जब अक्ल ठिकाने आएगी, तो ख़ुद ही आएगा लेने।'

उन्होंने आँखों में बरजना चाहा पत्नी को। इतना क्यों दूसरों के फटे में टाँग अड़ाने की ज़रूरत आन पड़ती है इनको। बच्ची तो नहीं, जो उसे हाथ पकड़कर रास्ता पार कराया जाए। अपना भला-बुरा समझने की उम्र तो है ही। अगर उसे ही आवाज़ नहीं उठानी, तो कोई क्या कर सकता है?

लछमी ने कुछ नहीं कहा। देर शाम तक गुमसुम रहने के बाद घर को निकल गई। अगली बार चोट खाकर आई, तो घर का सारा काम छोड़ दिन भर स्टोर की सफ़ाई कर उसे रहने लायक बनाती रही। उससे लगे बाहर की ओर खुलने वाले गुसल तक को चमका दिया लेकिन रात का खाना बनाते-बनाते उसके हाथों की गति धीमी हो गई। मंजूजी ख़ुद ड्राइवर को साथ लेकर उसको पहुँचा आईं।

बीच-बीच में दिन प्यार के गुज़रते, तो उसकी आँखों की चपलता लौट आती।

वह बाहरवाले की तरह इस रिश्ते के मूक दर्शक बने रहते। इतने वर्षों के साथ के बाद भी दोनों की दुनिया अलग थी। उसके बाशिंदे अलग, उनकी शिकायतें, सुख-दुख अलग। अगर साझा कुछ बचा था, तो दुनिया के दो कोनों पर बसी दो संतानें और छाती पर एक असह्य बोझ। उन्होंने जर्नल एक ओर रख दिया और बरामदे में टहलने लगे।

संभव, कितना अप्रत्याशित-सा आगमन था उनकी ज़िंदगी में। समीर के आठ साल बाद, मंजूजी के सैंतीसवें साल में। जब वे दोनों भरसक एक पलंग के दो कोनों में ख़ुद को समेट रात गुज़ारने के आदी हो चुके थे, जाने कौन-सी रात अपनी पसीजती मुट्ठी से फिसलकर उन दोनों के बीच यह सौगात छोड़ गई थी। ना उसके पास स्वरा-सा शफ़्फ़ाफ़ रंग और शोख आँखें थीं, ना समीर-सा शांत-सलोना चेहरा। दबा-सा रंग, मँझोला क़द, मँझोली आँखें और बला का शरारती दिमाग़। उत्साह की तो छूत थी लड़के में। जब तक जगा रहता, किसी-न-किसी ख़ुराफ़ात में लगा हड़कंप मचाए रखता। थोड़ा बड़ा हुआ, तो मंजूजी की शिकायतें उनकी व्यस्त दिनचर्या के बचे मिनटों को भरने लगीं। जाने क्या होगा इस लड़के का? ना समीर-सी लगन थी उसमें, ना स्वरा-सा तेज़ दिमाग़। बस ख़ुराफ़ात और ज़िद।

'अटेंशन सीकर।' समीर जब-तब उसके सिर पर धौल जमा दिया करता।

'अपने आप ना मिले, तो कोई सीक ही तो करेगा।' मंजूजी भुनभुनातीं। वे डॉक्टर सिन्हा के घोर मसरूफ़ियत के दिन थे।

'अपने होमवर्क की कॉपी लेकर इधर आओ।' दूसरे कमरे से स्वरा की तेज़ आवाज़ उसे पुकारती।

लैब में पहले डाइसेक्शन के बाद स्कूल से उल्टियाँ करती आई स्वरा ने बायोलॉजी छोड़ने का ऐलान किया। समीर का वक़्त वैसे भी माँ की लाइब्रेरी में बीतता, जहाँ की ज़्यादातर जगह अब उसकी पसंद की किताबों ने ले ली थी। हेमिंग्वे और मार्केज़ में डूबे बेटे से अपनी डॉक्टरी विरासत संभालने की उम्मीद उन्होंने कितनी आसानी से छोड़ दी थी। मंजूजी चिड़चिड़ातीं, बाक़ी डॉक्टरों के बच्चे ना सही कॉम्पीटिशन से, प्राइवेट कॉलेजों में मोटी फ़ीस के सहारे एमबीबीएस कर रहे हैं। एक उनका घर था। सबको अपनी-अपनी आज़ादी चाहिए थी।

उन्हें ये सब सोचने की ज़रूरत कभी भी नहीं रही। डॉक्टरी कोई परचून की दुकान तो थी नहीं, जिसका गल्ला कोई भी संभाल ले। केवल दिमाग़ तेज़ होने से क्या होता है? मन ना लगे, तो इतनी ज़िम्मेदारीवाला काम कोई कैसे कर सकता है? दूसरे डॉक्टरों की तरह वह प्रैक्टिस को बिज़नेस नहीं बना सकते थे, कभी नहीं। लेकिन उनके बाद इस जमी-जमाई प्रैक्टिस का... वह उदास हो जाया करते।

'इतने ऊँचे आदर्श हैं, तो बच्चों के साथ थोड़ा समय क्यों नहीं बिताते। यही समझाने को उनके पास बैठ जाया कीजिए ना।' उन दिनों मंजूजी का बड़बड़ाना अपने चरम पर रहता।

भाई-बहन कॉलेज गए, तो संभव हर वक़्त माँ के आगे-पीछे डोलता रहता।

'उसे एमबीबीएस करना है।' एक सुबह चाय के साथ मंजूजी ने सूचना उनके सामने रखी।

'ज़रूर करना चाहिए।' उन्होंने सिर हिलाकर कप उठा लिया।

लेकिन उसकी चाहत से तो सभी रास्ते नहीं खुल जाते। वैसा दिमाग़ भी तो हो।

वैसे मेडिकल की एक सीट क्या मुश्किल थी डॉक्टर सिन्हा के लिए। अब तक सख़्ती से बंद रहा दरवाज़ा पहली बार संभव के लिए खोला गया लेकिन एक सख़्त ताकीद के साथ। यहाँ से केवल एक बार बाहर निकलना है और वापस लौटने का वह रास्ता उसे ख़ुद बनाना होगा।

मंजूजी बिफर गईं, 'माथे पर हाथ रखकर आशीर्वाद भी तो दिया जा सकता था। हर बच्चे की ज़रूरत अलग नहीं होती क्या?'

वह स्थिर रहे अपनी जगह पर। जब तक वक़्त की आँधी ने उन्हें अपनी उसी जगह से उखाड़ ही नहीं दिया। ना, उखाड़ तो तब भी नहीं पाई थी, बस जड़ को खोखला कर दिया था। वह भी इतनी सफ़ाई से कि आख़िर में पूरी तरह उखड़ना सबको आश्चर्य से भर गया।

•••

रात के नौ ही बजे थे लेकिन आधी रात का आभास हो रहा था। दिन भर की बेचैनी के बाद मंजूजी को अभी नींद आई थी। उन्होंने माथा छूकर देखा। उनका बुख़ार बिलकुल उतर गया था। सीज़नल फ़्लू ही था। चिंता की कोई बात नहीं। उन्हें भी अब सो जाना चाहिए लेकिन नींद क्या यों ही आ जाती है? उनके सख़्त अनुशासन के बावजूद कभी-कभी पुराने ज़ख़्म अपनी अनदेखी का हिसाब माँगने आ जाते हैं।

वह बेचैनी से कमरे में चहलक़दमी करने लगे। पसीने की बूँदें माथे पर चुहचुहा आई थीं। उस रात भी ऐसी ही सूखी आँधी चली थी।

भोर से थोड़ा पहले सिरहाने रखा फ़ोन बजा, संभव के कॉलेज से था। घर में स्वरा की शादी की तैयारियाँ ज़ोरों पर थीं। संभव भी दो दिन बाद पहुँचनेवाला था। आधी रात को उनके पैर लड़खड़ाए थे। मंजूजी को आवाज़ लगाने में जीभ तालु से चिपक गई। वह लड़खड़ाते क़दमों से स्वरा के दरवाज़े पर पहुँचे थे। कुछ ही मिनटों में घर में गूँजी चीख़-पुकार को बहुत-बहुत पीछे छोड़ वह पारस को गाड़ी में बिठाकर निकल गए थे।

इस क्षण वह नहीं बंद कर पाए अपने जीवन के उस स्याह पन्ने का अध्याय। एक-एक हर्फ़ से होकर गुज़रना होगा उन्हें। उसके कमरे में सीनियर एसपी, कुछ सहमे स्टूडेंट्स और सिर पर हाथ डालकर बैठा वॉर्डन।

किसी से कुछ पूछने के पहले अभ्यस्त हाथों ने नब्ज़ और सीना टटोलकर देखा था। बस उस चेहरे की ओर देखने की हिम्मत नहीं कर पाए थे। सब समेटकर बाहर निकले, तो संभव के क्लासमेट्स सिसकियों में बहुत कुछ कह गए। चलते हुए उन्होंने पुलिस अफ़सर को बस एक पंक्ति की ताकीद कर दी, कुछ पूछना हो, तो नर्सिंग होम ही आएँ, घर नहीं प्लीज़।

पारस को केवल आँख उठाकर देखने की गरज थी। उसकी वफ़ादारी पर किसी संदेह की गुंजाइश कहाँ थी! मंजूजी को जितना जानना होगा, उन्हीं से पूछ पाएंगी अब।

लेकिन डॉक्टर सिन्हा उसके बाद भी नहीं रुके। तेरहवें दिन फिर हॉस्पिटल और उसी शाम से नर्सिंग होम। शादी की तारीख़ आगे बढ़ी। स्वरा ने माँ को अपने अंक में भरकर संभाल लिया। समीर ने शायद एक साल का ब्रेक लिया अपनी यूनिवर्सिटी से या शायद नौकरी छोड़ी। महीनों माँ के कमरे में कुर्सी लगाकर सिर झुकाए

बैठा रहता। नहीं जानते वह कि कैसे दुख की काई खुरची गई उनके घर से। नहीं जानते, किन-किन आँखों ने कब-कब, कितनी बार बरसकर उन काले सायों को हल्का किया। वह इन सबसे छिटकते-भागते रहे हास्पिटल से नर्सिंग होम। लेकिन सब स्थिर होने के बाद उनके बाक़ी दोनों परिंदे भी ठौर से बंधे नहीं रह पाए। शादी आठ महीने बाद हुई। उसके छह महीने बाद बेटी-दामाद पहले सिंगापुर, फिर सिडनी और अब केपटाउन में सेटल हो गए। एक सुबह समीर भी कैलिफ़ोर्निया स्टेट यूनिवर्सिटी से आई पीएचडी की एक्सेप्टेन्स लेटर दिखा सामान समेटने लगा। अथर्व के जन्म के वक़्त मंजूजी छह महीने सिंगापुर रह आईं।

घर, अस्पताल और नर्सिंग होम की उनकी परिक्रमा अनवरत चलती रही। उन दिनों कौन रख जाता था उनके सामने खाने की प्लेट, कुछ याद नहीं। बाक़ी के सफ़्हे भी तो उतने ही एकरंगे थे उनके। मंजूजी नवासे को जी भर दुलार कर लौटीं, तो सब कुछ जैसे सामान्य ढर्रे पर आना शुरू हुआ।

उन्होंने पत्नी के सिर पर दोबारा हथेली रखी। इस बार बुख़ार देखने को नहीं। थके मन-प्राण से और वैसे ही लेट गए। पलकें शायद पल भर को बंद हुई थीं, एक जोड़ी बेचैन हथेलियाँ ताबड़-तोड़ दरवाज़ा पीट रही थीं। दशकों की अभ्यस्त आँखें बिना जतन के खुलीं। गाउन लपेटे वह सीधा नीचे भागे। सांकल खोलने के लिए उठे हाथ के नीचे आने से पहले ही बदहवास लछमी छिटकनी वापस चढ़ा साँसें संयत कर रही थी।

वह अनायास ही उसके बदन पर चोट के निशान ढूँढ़ने लगे लेकिन चंद खरोंचों के अलावा कुछ नया नज़र नहीं आया।

'आँटी?' उसने जैसे स्वप्न में पूछा।

'बेहतर हैं।' डॉक्टर सिन्हा ने वैसी ही स्थिर आँखों से दूसरी मंज़िल की ओर इशारा किया।

अगले क्षण वह विक्षिप्त-सी हँसने लगी, 'मैंने सब ठीक कर दिया अंकल जी, अब कभी हाथ नहीं लगा पाएगा।'

मंजूजी का ज्वर अभी नॉर्मल था लेकिन बदन वैसा ही काँप रहा था, जैसे उस रात भरभराकर उनकी बांहों मे गिरा था, जिसे समीर के बलिष्ठ कंधों को सौंप वह पीठ फेर कार की ओर बढ़ गए थे। एक दृश्य के नाटक का पटाक्षेप कर लछमी उन दोनों के पैरों पर गिरी सिसक रही थी।

आँटी के पैरों की मालिश कर, अंकल का खाना टेबल पर लगाकर घर पहुँचते-पहुँचते साढ़े आठ बज गए थे। ड्राइवर भैया घर होते, तो आँटी ज़रूर घर छुड़वा देतीं लेकिन अंकल को कुछ कह पाने में दुविधा होती है। किसी दिन घर ही ना घुसना पड़े, तो कितना अच्छा हो या किसी दिन सड़क पार करते कोई गाड़ी उसे उड़ाती चली जाए। किस असंभव के बदलने की उम्मीद में आज तक कुटती आई थी वह, इन दिनों तो लगभग हर रोज़। अब तो दर्द के साथ ज़ख़्म भी आँटी से छुपाने की ज़रूरत पड़ती थी। रोज़-रोज़ एक ही बात कितना दोहराए। आँटी भी तो उदास होती थीं। वह ठीक रहे, तो अमरीका-अफ्रीका के क़िस्से सुनाकर आँटी भी दिन भर ख़ुश रहती। पंखे से लटकने की हिम्मत नहीं होती। पिछली बार तय कर लिया था, चूहे मारने की शीशी साथ लेकर आई, फिर आँटी की बात याद आई, 'अपने को ख़त्म करना सबसे आसान है। जानेवाले को पीछे छूटनेवाले का दर्द जो नहीं दिखता।' कैसी आँखें छलछलाई थीं बोलते-बोलते आँटी की। उसे हँसी आई, उसके पीछे दर्द बहानेवाला वैसे भी कौन है। फिर भी जाने आँटी की बात का

असर था या शरीर में हो रहे बदलावों की आहट का, शीशी आले में ही पड़ी रही, मसाले और नमक की बोतलों के पीछे।

कोठरी के दरवाज़े पर साइकिल खड़ी दिखी, तो भय से उसके हाथ-पैर ठंडे हो गए। आज जल्दी कैसे पहुँचा यह। पीछे से होकर घुसना ही निरापद रहेगा, उसने तय किया। रसोईवाले कोने में पागल सांड़-सा खाना ढूँढ़ता वह डब्बे-बर्तन पटक रहा था। ताड़ी की बदबू पूरे कमरे में फैली हुई थी। आज देसी भी नहीं जुटी इसको। वह बिना कुछ कहे चावल धोने पटरे पर बैठ गई। आगत की प्रत्याशा में दसियों बार मंचित नाटक-सा सधा शरीर आगे के उपक्रमों में प्रतीक्षा करता रहा। बाल खींचकर ज़मीन पर पटकी गई, फिर चार ठोकरें पीठ पर। उसे बड़ी तेज़ उल्टी आई। अंकल ने पूछा था, तो भी घर आने की जल्दी में वहाँ खाना नहीं खा पाई। पेट में मरोड़ और तेज़ हुई। उसने बहुत रोका फिर भी वहीं दरवाज़े पर सब निकल गया।

पागल सांड़ के नथुनों से अब आग निकलने लगी। अगला वार ठीक उसी जगह किया, जिसे सहेज पाने की उम्मीद इतने दिनों से उसका संबल बनी हुई थी। जाने कितनी देर रक्त-स्वेद-आँसुओं में लिथड़ी वहीं पड़ी रही। दूसरे कोने में उसका भक्षक पहले हमले की ख़ुशी में फुँफकार रहा था। उसने उठकर कपड़े बदले। कमरा साफ़ किया। भात और आलू का झोर परोसकर थाली में दे आई। सांड़ की आँखों में विजेता की चमक थी। मिर्ची की अधिकता नाक और आँखों से बहने लगी। वह पानी का ग्लास रखने गई, तो बाँहों पर अतिरिक्त दबाव महसूस हुआ। पाँच साल का साथ। इसकी हर पकड़ को पहचानती है अब। उसके कलेजे का आख़िरी बल निचुड़ गया। कोने में देखा, आधी बोतल अभी भी बची हुई थी। इस बार निर्णय लेने में देर नहीं। बोतल उठा वह

आले के पास गई। नमक की शीशी के पीछे छोटी बोतल वैसी ही दुबकी पड़ी थी। इस बार उसके हाथ नहीं काँपे। थाली में हाथ धोकर वह बोतल हाथ में लिए वहीं पसर गया। दो घूँट, चार घूँट, बर्तन धोती वह कनखियों से देखती रही। अधलेटे सांड़ को पहले बैठते फिर तड़पकर ज़मीन पर लोटते। उसने एक नज़र कमरे में घुमाई। रसोई और कमरा वैसे ही थे, जैसा उसके आने के पहले। सांड़ के नथुनों और मुँह से आग की जगह झाग निकल रहा था। उसने गीले कपड़े और ख़ाली शीशी थैली में भरी और तीन घंटे पहले जिस दरवाज़े से सहमती घुसी थी, उसी से थरथराती बाहर निकल आई।

डॉक्टर सिन्हा निष्प्रभ थे। वैसे ही शांत, 'कपड़े स्टोर के बग़लवाले कमरे में रख दो और किचन में जाकर कुछ खा लो।' उनकी आवाज़ के आरोह-अवरोह में कोई अंतर नहीं आया।

लछमी कृतज्ञ भाव से उन्हें देखती रही, जैसे दुनिया की सबसे ऊँची अदालत ने उसे बाइज़्ज़त बरी कर दिया हो।

'मैं तुम्हारी आँटी को नीचे के गेस्ट रूम में ही ले जा रहा हूँ, तुम भी वहीं आ जाना।' उन्होंने पीछे से उसे आवाज़ दी।

'मर गया होगा क्या?' चंद घंटों पहले तपता मंजूजी का शरीर पत्थर की तरह ठंडा था।

'हम्म।' उन्होंने उनको चादर देते जवाब दिया।

'फिर इसको घर में कैसे रख सकते हैं?' उनका शरीर फिर थरथरा गया।

दोनों कई मिनट तक एक दूसरे को अविश्वास से देखते रहे।

'इतने साल से क्या उसको इसलिए हिम्मत देती रहीं? सही-ग़लत का फ़र्क़, नहीं सहने की नसीहत, सब हवाई था क्या, आपके पढ़े उपन्यासों की तरह?' बीमार पत्नी पर अपने पुराने कटाक्ष का उन्हें तुरंत ही अफ़सोस हुआ।

मंजूजी सहमकर चुप हो गईं।

'आराम कीजिए आप। हम पर विश्वास रखिए। सब संभाल लेंगे।' डॉक्टर सिन्हा की आवाज़ अपने पुराने तर्ज़ पर लौट आई।

पूरी रात सोफ़े पर सतर बैठे रहे डॉक्टर सिन्हा। दुविधा की कोई गुंजाइश नहीं थी, जैसे पटाक्षेप के बाद किसी ने मंच का पर्दा पूरी तरह हटा दिया था।

स्वरा नहीं, यह लड़की उन्हें बार-बार किसी और साँवले चेहरे की याद दिलाती थी, जिसकी ज़िद तो सबने मानी लेकिन ग़लत के ख़िलाफ़ आवाज़ उठाने की नसीहत उसे किसी ने नहीं दी। तकलीफ़ में अपनों तक लौट आने का रास्ता भी किसी ने नहीं खुला रखा उसके लिए। अपने दुख की आड़ में उन्होंने अपने अपराध को कितनी आसानी से दफ़्न हो जाने दिया था। नहीं जानते थे कि अभ्यास से साधी दिनचर्या के भीतर बरसों का नासूर अभी तक ज़िंदा है। दोस्त, रिश्तेदार क्या, मंजूजी भी नहीं जान पाईं प्रैक्टिस छोड़ने के उनके फ़ैसले की वजह। नासूर का मवाद उन्होंने अकेले में ही बह जाने दिया। बर्दाश्त होने की सीमा पार करके भी उन्होंने किसी को पता नहीं चलने दिया।

मेडिकल साइंस तो यही कहता था, दोबारा चोट ना लगे, तो दस साल ज़ख्म के भरने के लिए पर्याप्त होता है। पारस ने बंगले के चेकअपवाले कमरे के अहाते के स्टोर रूम को घरवाले क्लीनिक के लिए वेटिंग रूम बनाने की रट लगा रखी थी। उसका अंदाज़ा

था, हॉस्पिटल से रिटायर होने के बाद घर पहुँचनेवाले मरीज़ों की संख्या बढ़नेवाली है। लोग बरामदे पर भीड़ लगाएँ, इससे बेहतर है अहातेवाले कमरों को क्लीनिक और वेटिंग रूम में तब्दील कर दिया जाए। वह हामी भरने से पहले एक बार कमरों की हालत देखना चाहते थे। इसी इंतज़ार में बात टलती जा रही थी।

उस इतवार वह ढीठ की तरह सुबह-सुबह घर ही पहुँच गया। हारकर वह बाथरूम स्लीपर्स में ही स्टोर रूम में चले गए थे। कमरे की हालत खस्ता थी। पलस्तर उखड़ा, फ़र्श पर कबाड़। वह कोने में पड़े टूटे डंडे से कबाड़ उलट-पलट रहे थे। नर्सिंग होम की पुरानी नेमप्लेट औंधी पड़ी थी। उसे सीधा करने वह झुके, बहुत सारे बिच्छुओं ने हथेली पर डंक मार दिया जैसे। नीले बोर्ड पर सफ़ेद-सुगढ़ डॉ. अनुपम सिन्हा, एमडी, एफ़आरसीसी के नीचे हरी पेंट की पतली धार में अनगढ़ हाथों से लिखा, डॉ. संभव सिन्हा, एमबीबीएस। वर्षों से ठिठके बादलों के बीच से जैसे बिजली की चीत्कार कौंधी। उन्हें याद नहीं, कितनी देर कमरे में बैठे वह उस टूटी-बदरंग नेमप्लेट को देखते रहे थे। पैरों ने शरीर का बोझ उठाने से इनकार कर दिया। वह धम्म से टूटी फ़र्श पर बैठ गए। आँखें गाउन के कॉलर से लेकर छाती तक भिगोती रहीं।

उस शाम बुख़ार ने उनके शरीर-मन सब पर क़ब्ज़ा कर लिया। हफ़्ते भर बाद हॉस्पिटल जाने के लायक हुए, तब तक फ़ैसला लिया जा चुका था। रिटायरमेंट में तीन महीने ही थे। एक्सटेंशन में किसी को शक़ नहीं था। उन्होंने किसी को भनक तक नहीं लगने दी। अपने दिल के अंदर झांक लेने दें, तो डॉक्टर सिन्हा काहे के। आख़िरी वक़्त पर मना किया बिना कोई वजह बताए। नर्सिंग होम पर रोज़ आनेवाले पारस को भी ख़बर नहीं थी कि मजलिस समेटने का फ़ैसला इस हद तक लिया जा चुका है। कहाँ तो उम्मीद थी कि अस्पताल छूटने के बाद नर्सिंग होम में

कम-से-कम तीन और लोगों की ज़रूरत होगी और कहाँ उसका दाना-पानी भी उठ गया।

एक बार फ़ैसला लेकर केवल उस पर अमल के बारे में सोचना पसंद है उन्हें। ऐसा कि किसी जाननेवाले को उसकी आकस्मिकता पर अविश्वास की कोई गुंजाइश ही ना रहे। अगली दोपहर लल्लन ने जब एसएसपी साहब के आने की ख़बर दी, तब तक उनके हिस्से की पटकथा तैयार थी।

'घर में सब स्वस्थ?' उन्होंने नमस्ते के प्रत्युत्तर में हाथ जोड़ते अपने स्वाभाविक स्मित के साथ पूछा।

'अभी तो ड्यूटी पर आया हूँ सर।' दुबला-पतला अफ़सर पिछली बार पिता के लिवर की रिपोर्ट लेकर सेकेंड ओपिनियन के लिए यहाँ आया था। सरकारी महकमे के आला अफ़सरों के लिए यह सुविधा अभी तक बरक़रार रखी थी डॉ. सिन्हा ने।

बिना माथे पर शिकन लाए उन्होंने पूरी बात सुनी। जब बोले, तो आवाज़ वैसी ही स्थिर थी, जैसी संभव के कॉलेज में इन्वेस्टिगेशन ऑफ़िसर के सामने थी, 'अबेटमेंट ऑफ़ सुसाइड का क्लीयर केस है सर, उसके क्लामेट्स ने चार सीनियरों का नाम लिया है।'

'उसने कभी मेरे सामने हल्के से भी ज़िक्र नहीं किया सर, नहीं तो हम ज़रूर कुछ करते।' नया-नया नाम कमा रहे प्राइवेट कॉलेज के वॉर्डन का बस पैरों में गिरना बाक़ी रह गया था। डायरेक्टर भी साँस रोके बैठा था।

'ज़िक्र...' उनकी छाती पर लगातार हथौड़े चल रहे थे।

'इतना चुप कैसे हो गया एक ही सेमेस्टर में, आप एक बार पूछते क्यों नहीं।' मंजूजी की शिकायतें कानों में हाहाकार कर रही थीं।

'लेट हिम बी प्लीज़। सीरियस नहीं होगा, तो मेडिकल की पढ़ाई कैसे करेगा। मैं एडमिशन के पैसे दे सकता हूँ, पास तो उसे ही करना होगा।' वह झल्ला गए थे।

इस वक़्त तीन जोड़ी आँखें उनसे जवाब जानना चाह रही थीं, 'नथिंग कैन ब्रिंग माय सन बैक, चार और बच्चों का भविष्य ख़राब करके क्या मेरे नुक़सान की भारपाई हो सकती है? जवान बेटा खोने का दुख इस वक़्त मुझसे ज़्यादा कौन जान सकता है? माई अपोलजीज़ ऑफ़िसर, इस केस में मैं अपनी तरफ़ से कुछ नहीं जोड़ना चाहता।' उन्होंने हाथ जोड़ दिए थे।

'दैट्स शॉकिंग, आई एम टोल्ड ही वॉज़ अ ड्रंकर्ड।' आज सामने बैठे अफ़सर के बढ़ाए मोबाइल में फ़ोटो को हाथ में लेते उन्हें लगा छाती से कोई बोझ धीरे-धीरे उतर रहा है, 'लछमी कल रात यहीं थी, माई वाइफ़ हैज़ बीन अनवेल फ़ॉर सेवरल डेज़ नाउ, हमारा केयरटेकर भी कल बारात में गया था, तो उसे हमने यहीं रोक लिया। ऐज़ डेस्टिनी वुड हैव इट, वह वहाँ होती तो शायद...। इसे तो नहीं देखा लेकिन वह लड़की हमारे घर में बरसों से है। सच ए हार्डवर्किंग गर्ल शी इज़, वुड बी टोटली डेवस्टेटेड। लेट मी कॉल हर, तस्वीर तो वही पहचान पाएगी। कल रात भर जगी थी, अभी लंच के बाद दोनों ऊपर ही सो रही हैं।'

उन्होंने उठने का उपक्रम किया, तो अफ़सर ख़ुद ही उठकर खड़ा हो गया, 'इफ़ यू डोंट माइंड सर, अगर वही है, तो उसकी पत्नी को सीधा सिविल हॉस्पिटल भेज पाएंगे प्लीज़? मैं किसी को बोलकर फ़ॉर्मैलिटी जल्दी पूरी करवाता हूँ। आपने तस्दीक़ कर दी, इट शुड डू फ़ॉर नाउ। इफ़ नॉट, प्लीज़ मुझे एक फ़ोन कर दीजिएगा।'

'बाइ द वे, वेन इज़ द पोस्टमॉर्टम रिपोर्ट एक्सपेक्टेड?' डॉक्टर ने जानबूझकर पूछा। तीन दिन पहले शहर में स्थानीय नेता के भाई को गोली मारी गई थी। कल शाम तक तो पूरा विपक्ष डीएम के दफ़्तर के आगे धरना दिए बैठा था। पूरा अमला उसी में हकलान था। ऐसे में ताड़ी पीकर मरनेवाले बेरोज़गार पर आधा दिन ज़ाया करने का वक़्त प्रशासन के पास कहाँ? एक साथ दस-पाँच मरते, तो भले ही ज़हरीली शराब बेचने की ख़बर पर हरकत होती।

'शुड नॉट बी नीडेड सर, क्लीयर केस ऑफ़ लिकर ओवरडोज़। मैं घंटे भर में बॉडी हैंडओवर करवा दूँगा।' अफ़सर नमस्ते करके चला गया।

दो हफ़्ते बाद नेता के भाई के मर्डर केस में लोगों की दिलचस्पी अपने उतार पर थी कि शहर में फिर एक तड़फड़ाती ख़बर से सरगर्मी मची। सबसे पॉश लोकेशन में अपना तीन मंज़िला नर्सिंग होम डॉक्टर सिन्हा ने नर्सिंग ट्रेनिंग अकेडमी और वीमन स्किल डेवलपमेंट सेंटर के लिए दान कर दिया था। शहर में हर किसी की जुबान पर एक ही बात थी, दान हो तो ऐसा। सुना, करोड़ों की प्रॉपर्टी के बदले ज़िलाधिकारी से उन्होंने केवल अपनी नौकरानी के लिए सरकारी नौकरी की दरख़्वास्त की थी।

जिस दिन संस्थान का उद्घाटन था, डॉक्टर सिन्हा पत्नी समेत बॉस्टन के लोगान एयरपोर्ट पर उतर रहे थे।

'फ़र्स्ट टाइम इन यूएस?' कस्टम अधिकारी ने वीज़ा पर स्टांप लगाते पूछा।

'यप्प।' उन्होंने बच्चों जैसे उत्साह से जवाब दिया, 'माई वर्क नेवर अलाउड मी, फ़ायनली टाइम टू सी योर वन्डरफुल कंट्री।'

दूसरी बार

तारीख़ सत्रह सितम्बर की थी, जब 'आरपी' का फ़ोन आया था, 'डिवोर्स फ़ॉर्मलाइज़ होने का पता है ना तुम्हें?'

मुझे पता होने ना होने का प्रश्न चूंकि प्रश्न होने लायक नहीं था। मैं उसके लहज़े में ख़बर, व्यंग्य या उदासीनता में किसी एक को चुन पाने की उधेड़बुन में चुप ही रह गई। तलाक़ का फ़ैसला मेरे लिविंग रूम में लिया गया था, जब उन दोनों के कलह की चिंगारी साथ उठने-बैठने, पीने-खानेवाले हमारे ग्रुप के बाक़ी रिश्तों में भी छेद करने लगी थी। कई महीनों तक उन दोनों को कभी साथ बिठाकर, तो कभी अलग-अलग समझाने, काउन्सिल करने की कोशिशें चलती रहीं लेकिन इल्ज़ामों और रुस्वाइयों से रिश्ते की मिट्टी और गीली ही होती गई और एक समय के बाद उस गीलेपन ने बाक़ी जोड़ियों के रिश्तों की बुनियाद भी हिलानी शुरू कर दी।

अपने बेडरूम के बंद दरवाज़े के पीछे अक्सर किसी पति की ऊष्मा ढूँढ़तीं हथेलियों को पत्नी बीच में ही रोक दिया करती और 'एम' के आँसुओं को याद कर अपनी आँखें भी तरल कर लेती। पत्नी के कंधे पर दबाव बढ़ाता पति जब अपना हाथ उसके गाउन के बटनों तक पहुँचाता, तो पहले एक पल ठिठककर उसकी आँखों में समर्पण के प्रमाण ढूँढ़ने लगता। दूसरे टावर के किसी दूसरे घर में पति-पत्नी के बीच डायनिंग टेबल पर नई गाड़ी का मॉडल फ़ाइनलाइज़ करने की चर्चा जाने कब आरपी और एम तक पहुँच रात को अविश्वास के दमघोंटू धुएँ में बदल देती। पार्टियों में पतियों के पहलू

में सटकर बैठी, बातचीत को अपनी लेटेस्ट ख़रीद के मुताबिक़ कभी सॉलिटेयर, कभी हाईडिज़ाइन के पर्स, तो कभी यूरोप ट्रिप की दिशा में मोड़नेवाली पत्नियों के बीच अनावश्यक दोस्ती बढ़ने लगी, जो पतियों को असहज करने लिए काफ़ी था। कई महीनों तक पति बार एरिया के आस-पास बैठते, तो बीवियाँ लिविंग रूम के काउच पर सिर झुकाकर गुपचुप करतीं। कभी कोई आरपी को बालकनी में बुलाकर समझाता, तो कभी एम किचन में आँसू पोंछ रही होती।

मॉडर्न, हाई अर्निंग, वर्किंग प्रोफ़ेशनल्स का ग्रुप था वह आख़िर, जहाँ पत्नियों के पास ख़ुद की कार, क्रेडिट कार्ड्स और बैंक अकाउंट थे। दो-तीन कामवालियों के रहते किचन में बीवियाँ बस रेड थाई करी या रोज़ेटो जैसी डिशेज़ बनाने के लिए दाख़िल होती थीं या फिर नए कॉकटेल ट्राई करने। कामवालियों से ना हो सकनेवाले बच्चों और गृहस्थी के काम मियाँ-बीवी के बीच सलीके से बंटे हुए थे और ससुरालवालों, ख़ासकर बीवियों के ससुरालवालों की गृहस्थी में दखलंदाज़ी की सीमा एकदम तय थी। पार्टियों में आदमियों और औरतों के अलग बैठने का मिडिल क्लास कल्चर कब का दम तोड़ चुका था। मियाँ-बीवी एक-दूसरे के पहलू में बैठते। जहाँ एक की उँगली में फँसी सिगरेट बड़ी सहूलियत से दूसरे के होंठों तक का सफ़र तय करती और जोड़े अक्सर एक दूसरे की बेल्जियन कट ग्लास से एक-एक सिप भी ट्राई कर लेते। ऐसी ख़ुशनुमा बराबरी के बीच आमतौर पर ख़ुशनुमा माने जानेवाले कपल के बीच अलगाव की किरचें जाने कब-कैसे खुरच आईं। अंत में सब एकमत थे कि अब लीगल सेपरेशन के अलावा उन दोनों और बाक़ी सबके ग़म दूर करने का कोई और रास्ता नहीं था।

डिवोर्स पेटिशन फ़ाइल होते ही बाक़ी सब झटके से किनारे हटते हुए अपनी-अपनी गृहस्थी की मेड़ें मज़बूत करने में लग गए। अलग

होने के फ़ैसले के बाद ही आरपी बच्चों को लेकर अपने माँ-बाप के घर शिफ़्ट हो गया था। एम घर में अकेली रह गई। पहले की तरह ऑफ़िस जाती, आउटस्टेशन और ओवरसीज़ ट्रिप पर जाती और कभी लॉन या लिफ़्ट में टकरा गई, तो गर्मजोशी से हाथ भी मिलाती।

थोड़े समय के लिए थमी वीकएंड पार्टियाँ फिर शुरू हो गईं। पत्नियाँ वापस पतियों की बाँहों के घेरे में करीने से अपने कंधे टिकाकर बैठने लगीं, सिगरेट उंगलियाँ बदलने लगीं। लेकिन पार्टी के शबाब पर आते-न-आते पता नहीं कैसे बातचीत कहीं-न-कहीं से घूम-फिरकर आरपी और एम पर आ जाती। अपना-अपना ग्लास टेबल पर रख लोग-बाग एकदम से संजीदा हो जाते, फिर दोनों के कहे एक-एक शब्द का पोस्टमार्टम होता, पक्ष और विपक्ष में तर्क रखे जाते और अंत में बहुमत से किसी एक के पक्ष में वर्डिक्ट पास होता। अगली पार्टी के पहले फिर कुछ नए तर्क ढूँढ़े जाते और मेन कोर्स के साथ परोसे जाते। तटस्थ कोई नहीं रह पाता, उन दिनों हर किसी के लिए एक साइड चुनना बेहद ज़रूरी बन गया था।

जाने क्यों, सब इस रिश्ते में सबसे ज़्यादा मेरी राय मांगने लगे थे। शायद यों कि आरपी यानी रूद्र प्रताप सिंह अपनी पुरानी नौकरी में मेरा क्लायंट रह चुका था और उससे मेरी जान-पहचान औपचारिकता से थोड़ी ज़्यादा और दोस्ती से थोड़ी कम की थी। जब उन्होंने हमारी सोसायटी में घर ख़रीदा, तो चाय पर निमंत्रण के क्रम में एम यानी मानसी जोशी से भी पहली बार मिलना हुआ। एम मार्केट रिसर्च की फ़ील्ड में थी, बोलती-चमकती आँखें और जल्दी ही एम से भी मेरी गहरी छनने लगी। कुछ ही महीनों में दोनों हमारे ग्रुप की सप्ताहांत पार्टियों के अभिन्न अंग बन गए। हमारे ग्रुप में अब भी आरपी को मेरे दोस्त के तौर पर ही देखा जाता। आरपी

यों भी सबसे ज़्यादा ज़िंदादिल था, दीवारें हिला देने वाली हँसी थी उसकी। पार्टियों के दौरान दो-तीन पेग के बाद वह एकाएक एम को बाहों में भर कोई नज़्म गुनगुनाने लगता और माहौल सबकी वाहवाही और झीनी हँसियों से भर जाता। एम ज़्यादातर चेहरे पर संजीदा मुस्कान ओढ़े हल्के से ख़ुद को छुड़ा अपनी जगह पर आ बैठती। उसकी इमेज वैसे भी रिज़र्व क़िस्म की थी, थोड़ी स्नॉब होने की हद तक रिज़र्व्ड।

आरपी और मेरी पसंद काफ़ी मिलती-जुलती थी। एक-सी किताबें पढ़ते थे हम दोनों, सॉफ़्ट रोमांटिक टाइप (एम स्वघोषित डाई हार्ड ज़ेफ़री आर्चर फ़ैन थी), आरपी को शेरो-शायरी का शौक़ था, तो मुझे बचपन से डायरी में अच्छी पढ़ी कविताओं की लाइनें नोट करते जाने का। यों मैंने शादी के बाद अपनी वह डायरी पहली बार आरपी को ही दिखाई थी। आरपी ने भी थोड़ा झिझकते हुए ही बताया था कि वह भी तुकबंदी से काग़ज़ काले किया करता था।

जब से दोनों के बीच कलह की शुरुआत हुई, आरपी ज़्यादा बदहवास, उद्विग्न रहा करता। एम आमतौर पर संयत रहती। ज़्यादातर को लगता कि उसने अपने चेहरे पर कोई नक़ाब चढ़ा रखा है, जिसका एक हिस्सा लाख कुरेदने के बाद भी किसी के लिए नहीं उतरता। फिर एकाएक एम ने गेट-टुगेदर में आना छोड़ दिया। उसके बाद एक बार अकेला आया आरपी भरभराकर रोने लग गया, 'सब करने को तैयार हूँ मैं, वो समझना ही नहीं चाहती।' उसी दिन मर्दों ने उसकी पीठ पर हाथ फेरते हुए उसे निर्णायक फ़ैसला लेने की सलाह दी थी।

शायद इसी वजह से जब हमारी महफ़िल में हर बार उन दोनों का ट्रायल इन एबसेंटिया होता, तो पलड़ा ज़्यादातर आरपी का ही

भारी रहता। तलाक़ होने में ज़्यादा वक़्त नहीं लगा, एम ने यों भी साफ़ कर दिया था कि साझा संपत्ति में उसे अपने कमाए हिस्से के अलावा एक कौड़ी भी नहीं चाहिए। साझा बच्चे फ़िलहाल पिता के साथ दादा-दादी के घर में थे और महानगर के दूसरे छोर पर नए स्कूल और माहौल में सेटल करने की कोशिश में लगे थे। एक शहर में रहते हुए भी बच्चे माँ के साथ नहीं थे और माँ इसे होने दे रही थी इसलिए बच्चों की कस्टडी की लड़ाई भी फ़िलहाल एकतरफ़ा ही मानी जा रही थी। इस तरह समाज के वर्डिक्ट में राउंड वन तो एम यों ही हार गई थी। माँ होकर बच्चों से मुँह मोड़ लिया, कुछ तो लफड़ेवाला है वर्डिक्ट।

आरपी ने ठीक साढ़े सात पर घंटी बजाई। दरवाज़ा मोहित ने ही खोला। यों ऑफ़िस आस-पास होने की वजह से आरपी और मैं कई बार लंच पर टकरा जाया करते थे लेकिन आज मैं उसे अकेले झेलने के मूड में नहीं थी इसलिए उसे शाम के वक़्त घर पर ही बुला लिया। मुझे उम्मीद नहीं थी लेकिन वह बच्चों को भी साथ लाया था। उन्हें अपने बच्चों के साथ सेटल करके मैं मेड को स्नैक्स लगाने की हिदायत देती लिविंग रूम में निकली। उम्मीद के मुताबिक़ दोनों बार चेयर्स पर बैठे दिखे। बातचीत का सिरा मैंने आरपी के आख़िरी वाक्य से पकड़ा, 'सो नाउ इवन मम्मी-पापा वॉन्ट मी टू मूव ऑन, तुम लोगों की नज़र में कोई हो तो! कोई और क्राइटेरिया नहीं बस इंटेलेक्ट और ठहराव हो उसमें, खोखली स्मार्टनेस और न्यूड एंबिशन्स नहीं।'

मैंने उसके चेहरे को ग़ौर से देखा, दोनों दिशाओं में तीर चला रहा था बंदा। छोड़ो ना, ऐसी अवस्था में इन्सान थोड़ा सिनिक तो हो ही जाता है।

'श्योर।' मोहित ने उसे ग्लास पकड़ाते हुए स्वचालित जवाब दिया।

'डिवोर्सी, विडो, बच्चोंवाली, नो कॉन्सट्रेंट्स, देखो इस उम्र में मैं फिर से किसी की पहली शादी के अरमानों को पूरा करने के झमेले में नहीं पड़ना चाहता। मुझे कोई सुलझा हुआ साथी चाहिए, जो बराबरी के साथ ज़िम्मेदारियां बांटे।' आरपी ने हँसने की कोशिश की।

हालांकि आरपी के चेहरे को देखकर भी मैं बिना कॉम्प्रोमाइज़ बच्चों की होनेवाली बात पर विश्वास करने की कोशिश कर रही थी लेकिन बयालीस की उम्र का इंसान अगर ठहराव और इंटेलेक्ट की उम्मीद रखता है, वह उसे पच्चीस की लड़की में तो मिलने से रही। कमसिन ढूँढ़ रहा हो, तो बात अलग है।

'अभी तक त्रस्त है दोस्त तुम्हारी सहेली की स्मार्टनेस और एंबिशन से', सोने के पहले फ़ोन साइलेंट पर रखते हुए मोहित ने कहा, 'बिचारा अच्छा-ख़ासा ज़िंदादिल इंसान कैसा कॉशस हो गया है।'

मैंने घूरकर उसे देखा, तो उसने एक सेकेंड में हाथ खड़े कर दिए, 'कल से पंद्रह दिन बाहर रहूंगा, आज लड़ने का मुहूर्त मत निकालो प्लीज़।'

'और हाँ, तुम प्लीज़ इसके लिए लड़की मत ढूँढ़ने लग जाना सच में।' सुबह एयरपोर्ट के लिए निकलने से पहले मोहित ने थोड़ा संजीदा होते हुए कहा।

बारह साल पुराना पति जब मन की बातें भी पढ़ ले, तो उसके बचे-खुचे बाल नोंचने का मन जाने क्यों करने लगता है। मैं सचमुच आरपी की तुरंत शादी कराने के लिए हड़बड़ा गई थी। उसकी और उसके बच्चों की ज़रूरत के अलावा एक और वजह थी, तलाक़ तो हो गया। सामाजिक वर्डिक्ट में राउंड टू अभी बाक़ी था, जिसे वो हारता है, जो पहले मूव ऑन करने जैसा कोई फ़ैसला करता है। सबने मिलकर एम से जैसे किनारा कर लिया था। जाने क्यों,

मैं दिल-ही-दिल में चाहने लगी थी कि राउन्ड टू कम-से-कम एम के नाम ही हो, जिसके लिए ज़रूरी था कि आरपी की शादी पहले हो जाए।

यों मेरी ख़ामख़याली कम ही सच होती है लेकिन उसी हफ़्ते ऑफ़िस में बिना वॉर्निंग के आभा टकरा गई। एनुअल पार्टनर्स मीट के लिए आई थी। कुछ रिश्ते ज़मीन में दबी आग के जैसे होते हैं, जिनमें कुछ-न-कुछ ऊष्मा हमेशा बाक़ी रहती है। पंद्रह साल पहले बेंगलुरु हेड ऑफ़िस में आभा और मेरे करियर की शुरुआत साथ ही हुई थी। छह महीने कंपनी अकॉमोडेशन में साथ रहने के बाद जब हम दोनों का एक फ़्लैट शेयर करना लगभग तय था, तब दो दिन पहले उसने मुझे झटका दिया, 'आरिफ़ मान नहीं रहा डॉल (मुझे लाड़ से वह इसी नाम से बुलाती थी), मुझे उसके साथ ही मूव करना होगा।'

वॉट? इन दोनों का रिश्ता भीतर-ही-भीतर इतनी जड़ें फैला चुका है, जिसका मुझे पता ही नहीं? आरिफ़ ने भी हमारे साथ ही तो ज्वॉइन किया था। मस्तमौला आरिफ़ ज़िंदगी को धुएँ में उड़ाते चलने की फ़िलॉसफ़ी पर जीता था और उसकी इस अदा ने आभा के दिल और दिमाग़ को बंदी बना लिया था। पंद्रह साल पहले लिव-इन यों भी कूल नहीं हुआ था। हाँ, वीडियो कॉल कल्चर के पहले हम परिवारों से इतने दूर ज़रूर थे कि किसी को भनक नहीं लगती।

'टू बेडरूम घर है, यू कैन मूव इन वन ऑफ़ देम इफ़ यू लाइक।' आरिफ़ यों भी हमेशा लोड-फ़्री रहना चाहता था। दड़बों से नफ़रत होते हुए भी मैंने पीजी में मूव कर लिया और उन दोनों से फ़ॉर्मल रिश्ता क़ायम कर नए दोस्त ढूँढ़ने लग गई। आभा ने लेकिन मुझे

लेकर अपना अपराधबोध ना कभी छुपाया, ना मुझे ख़ुद से दूर होने का मौक़ा दिया।

'शादी कोर्ट में करनी होगी, चार साल बाद लंच टाइम पर उसने मुझे दूसरा झटका दिया। आई एम केयरिंग, परिवार को कंविंस करने का भी समय नहीं है अब।'

वह बेंगलुरु में मेरी आख़िरी शाम थी और आभा के लाख मनाने के बाद भी मैं रुक नहीं सकती थी। शादी के बाद मैं ट्रांसफ़र के इंतज़ार में ऑलरेडी आठ महीने से मोहित से दूर थी। उस बार लेकिन वह आरिफ़ के साथ मैरिज ब्यूरो नहीं, अबॉर्शन क्लीनिक गई। आरिफ़ ने उसे अगले तीन साल सिर्फ करियर और एक-दूसरे के लिए मुकर्रर करने को मना लिया था।

'परिवार अब भी तैयार नहीं है और अब फिर समय नहीं है मेरे पास, कई साल बाद यह बात चेन्नई में एक क्लाइंट मीटिंग के दौरान उसने मुझे बताई। तुम यहाँ से एक दिन के लिए बेंगलुरु रुकती जा सकती हो प्लीज़?'

मेरी मैटरनिटी लीव के दौरान मिले डबल प्रमोशन के बाद अब वह मेरी सीनियर थी और मेरी कुंठा ने मुझे इस बार भी पिघलने नहीं दिया। यों भी मैं तब तक गृहस्थी के रंग में रंग चुकी थी, दूसरों की परेशानी में अपना वक़्त ज़ाया करने के औपचारिक झंझटों से मुक्त। लेकिन उसकी नज़रों में कातरता देखकर मैंने उसे आरिफ़ के रवैये को लेकर एक बार वॉर्न ज़रूर कर दिया।

उस बार रजिस्ट्रार के दफ़्तर मैं ही नहीं, आरिफ़ भी नहीं पहुँचा। अपनी ज़िंदगी में वह अब भी लोड लेने को तैयार नहीं था। बिना नोटिस कंपनी छोड़ कहाँ गया, किसी को पता नहीं। आभा ना

उसके माँ-बाप के दरवाज़े गई, ना अपने। छह साल के बेटे के साथ आज भी सिंगल थी।

मैनेजमेंट को उसने बस जता दिया था कि वह जहाँ तक पहुँच गई है, उसके बाद उसकी ज़िम्मेदारियाँ ज़्यादा ना बढ़ाई जाएं। जिस तरह की नौकरी हम कर रहे थे और जिस जगह आभा पहुँच गई थी, उसके आगे कोई सपने लेकर नहीं बिछा हो, ऐसा संभव नहीं था। उसकी चाहना लेकिन जाने किन तालों के पीछे बंद थी, जिसके आस-पास भी कोई नहीं पहुँच सका था अब तक। पहले हांगकांग पोस्टिंग ली फिर आजकल मुंबई। हम ऑफ़साइट मीटिंग्स में मिलते, तो ज़्यादातर उसी की पहल से ऊष्मा फिर जाग जाती। लौटने पर मैं फिर से अपने काम और गृहस्थी में लीन। ऑफ़िस मेल पर बर्थडे अलार्म बजते, तो मैं उसे फ़ॉर्मल ईमेल भेजती। वह लेकिन हर साल मेरे जन्मदिन पर फ़ोन ज़रूर करती।

आज उसे देखते ही सबसे पहले मैं लपकी। उसने पलटकर गले तो लगाया लेकिन थोड़ी हैरानी से। अपने स्वार्थ को नोटिस कर मुझे ख़ुद पर ही शर्म आई। इतने वर्षों में पहली बार वह टूर के दौरान मेरे घर आई डिनर के लिए।

'माँ आजकल मेरे साथ ही हैं, शादी के लिए ज़ोर डाल रही हैं, बेटा भी बड़ा हो रहा है, कई तरह के सवाल पूछने लगा है।' पहली मीटिंग में सारी बातें करने से मेरी नीयत ज़ाहिर हो सकती थी लेकिन मेरे पास समय नहीं था और दूसरे पेग के बाद वह भी थोड़ी वल्नरेबल थी।

'पति नहीं परिवार की ज़रूरत है मुझे डॉल। लोग मुझे सिंगल, सक्सेसफुल, डिज़ायरेबल औरत के तौर पर देखना, पाना चाहते हैं। छह साल के बच्चे की माँ जैसे देखे, ऐसा कोई हो तो बताना

मुझे, दूसरी बार के फ़ैसले में दिल की नहीं चलेगी।' उसने बड़े बरसों बाद आत्मीयता से मेरे गालों पर चिकोटी काटी।

मैं भी तो उसी को देखकर अपना कॉम्पलेक्स गटक रही थी। कवि हृदय आरपी को इससे ज़्यादा इंटेलेक्चुअल, ठहराववाली लड़की और कहां मिलेगी। मोहित की अनुपस्थिति में सब निबटा लेने के लिए मैं अपनी सफलता पर ख़ुद को बधाई दे रही थी।

दोनों की मुलाक़ात तीन दिन बाद की तय हुई थी। रात तक आरपी ने कोई फ़ोन नहीं किया और आभा का फ़ोन स्विच्ड ऑफ़ रहा। सारा सेल्फ़ कन्ट्रोल निचुड़ जाने के बाद मैंने अगली दोपहर ख़ुद को आरपी के केबिन में खड़ा पाया, 'कम ऑन दोस्त, तुम्हें देखकर कभी लगा नहीं कि ऐसे अडवेंचरर लोगों से भी दोस्ती है तुम्हारी। तुम्हें लगता है, मेरे जैसे दिलवाला इंसान इतना अडवेंचर संभाल सकता है, वह भी इस उम्र में?' उसने नाटकीयता से मेरा हाथ पकड़कर अपने दिल पर रखा।

'एक बार चिंगारी के साथ निभा लिया, तो तुमने आग का गोला ही मेरे हाथ पर रख दिया। और पेरेंट्स को क्या कहूँगा, लड़की ना डिवोर्सी है ना विडो, एक एब्सकॉन्डिंग इंसान के बच्चे की माँ है?'

'मैंने तो दूसरी बार का फ़ैसला अपने मां-बाप के ऊपर छोड़ दिया है। चियर अप नाउ, लेट्स हैव ए कप ऑफ़ कॉफ़ी।'

आभा को दोबारा फ़ोन मिलाने की मेरी हिम्मत नहीं हुई। बस एम की कही वह बात याद आ गई, 'अब ना और ढोंग करने का मन करता है, ना झेलने का।'

आज तारीख़ सत्रह मई है और आरपी की शादी का कार्ड कुरियर से अभी-अभी मेरे घर पहुँचा है। एक जून, टिवोली फ़ार्म्स, छतरपुर।

मोहित के फ़ोन पर चार दिन पहले ही विस्तृत वर्णन आ गया था। सहारनपुर की लड़की है, प्राइवेट कॉलेज में लेक्चरर, फ़ादर हैं नहीं इसलिए शादी थोड़ी देर से...

'ढोंगी।' मैंने कार्ड को साइड टेबल के निचले ड्रॉअर में फेंक मोहित को याद दिलाया, 29 मई से कोपनहेगन की होटल बुकिंग कैंसिल करा ले। एम ने फ़ोन पर बार-बार कहा है कि वहाँ के चार दिन के स्टे के दौरान हम किसी हाल में होटल में नहीं रह सकते। उसके साथ ही रहना होगा।

एम दो महीने पहले ही ऑफ़साइट असाइनमेंट लेकर डेनमार्क शिफ़्ट हो गई है। जब से आरपी के घर शादी की गहमागहमी शुरू हुई है, बच्चे उसी के पास हैं। कस्टडी की सुनवाई की तारीख़ आपसी सहमति से एक बार फिर आगे बढ़ाई जा चुकी है।

मंडल का बेटा

वह सुबह बहुत मटमैली थी। आसमान में ढेर सारे बादल बिना बरसे कई दिनों से ढीठ की तरह डेरा जमाए बैठे थे। ना धूप, रोशनी इस पार आने दे रहे थे, ना नीचे की उमस उस पार जाने दे रहे थे। दोनों भाई सुबह से टीवी घेरकर मैच देख रहे थे। प्रीति दो बार दरवाज़े तक हो आई, बिना किसी को बताए अन्नू के घर खिसक लेने को। एक बार बाबा ने चाय के लिए वापस भेज दिया, दूसरी बार दादी ने पूजा के फूल के लिए आवाज़ दे दी। मन रोने-रोने जैसा हो गया। कोई नहीं समझ सकता, उसका आज अन्नू के घर जाना कितना ज़रूरी था। चार दिन से उसकी कोई ख़बर नहीं। ना घर आ रही है, ना छत पर।

मंडल का बेटा उसी दिन पहली बार घर आया था, अपने बाप के साथ।

उसका पूरा नाम था मंडल चौधरी, माने जात का बाभन।

'आ रे मंडलवा अपना नाम आधे बताएगा तू, तो तोरा बेटा को सरकारी नौकरी का कमी थोड़े ना रहेगा रे।'

बाबा के पैर दबाते-दबाते मंडल उनकी ये बात सुनकर अपने दांत चियार देता। बाबा के बोलने में विद्रूप का पुट होता, जिससे उनके मुँह से पान के पीक की एक महीन-सी लकीर नीचे टपकने लगती। मंडल पैर दबाना छोड़ पीकदानी उठा उनके मुँह की ओर लपकता। सुबह दस बजे से लेकर शाम के पाँच बजे तक घर के तमाम छोटे-

बड़े काम करना उसकी ज़िम्मेदारी थी। वैसे उसका ज़्यादा समय बाबा की टहल में जाता था। उनका कमरा साफ़ करने, चाय के अनगिनत कप रसोई से उन तक पहुँचाने, उनका पीकदान साफ़ करने जैसे काम। बाक़ी के समय वह बाबा के पैर या कंधे दबाता रहता लगातार। दिन में जब बाबा सो जाते, तो वह क्यारियों की कोराई, निराई करता, पौधों को पानी डालता, कमरों से जाले-वाले निकालता और बाज़ार से सब्ज़ी-तरकारी लाने जैसे काम निपटाता। तपती गर्मी के दिनों में चार बजते ही नीचे हैंडपंप से बीसियों बाल्टी पानी भर ऊपर छत पर उलीचने का काम भी उसी का था ताकि उनका एकमंज़िला पक्का घर रात को सोने लायक रह सके।

मंडल उनके घर का नौकर नहीं था। उसकी तो सरकारी नौकरी थी पापा के दफ़्तर में चपरासी की। कई साल से उन्हीं के साथ लगा था। दरअसल मंडल का बाप गाँव में बाबा के एक दोस्त का खवास था, माने टहलुआ मज़दूर। दालान पर बैठे अपने मालिक के हर मिलने आनेवाले से हाई स्कूल पास अपने बेटे को सरकारी नौकरी दिलाने की चिरौरी करता। छोटकी पीसी की शादी में बाबा उसके बाप से बोलकर उसे ऊपर-झापर का काम कराने ले आए थे। उसके बाद मंडल वापस नहीं गया। लग-भिड़कर पापा ने उसकी नौकरी अपने डिपार्टमेंट में लगवा दी। उसका काम लेकिन वही रहा। बस अब उसकी तनख़्वाह सरकार देने लगी। सुबह ऑफ़िस में हाज़री बनाकर यहाँ आ जाता। शाम को जब बाबा टहलने जाते, तो उनके कमरे की खिड़कियाँ बंद कर मसहरी गिराकर घर चला जाता। कई बार उसकी तनख़्वाह का बिल बनाकर पापा उसे चेक भी घर में ही पकड़ा देते थे।

साल में दो बार आषाढ़ और पूस में मंडल पंद्रह-पंद्रह दिन के लिए गाँव जाता। इस बार गया, तो फ़ैमिली साथ ले आया। इन लोगों के

मुँह से फ़ैमिली सुनना प्रीति को बड़ा फ़नी लगता था। पापा के सारे स्टाफ़ के लिए फ़ैमिली का मतलब पत्नी होता था। एक दिन लल्लन पापा का लंच लेने आया, तो माँ से कहने लगा, 'आज भोरे-भोरे फ़ैमिली से लड़ाई हो गया मेमसाहब।' पहले उसे मतलब समझ में नहीं आया। मम्मी ने बताया, तो ख़ूब हँसी। लेकिन मंडल सही में फ़ैमिली लेकर आया था, बीवी, दो बेटियाँ और एक यह, मंडल का बेटा।

सांवला, पतली टांगें, चौड़ी कमर और एकदम गोल, विस्फरित-सी एकटक देखती आँखें। बालों में ख़ूब सारा तेल चपोड़कर, हल्की नारंगी टीशर्ट के नीचे गहरी नारंगी रंग का आठ पॉकिटवाला कार्गो निकर पहनकर आया था। उसे वह भी बड़ा फ़नी लगा। कोई कलर कॉम्बिनेशन नहीं। निकर तो उसने पहचान ली, मुन्नू भैया की ही थी। भैया के कपड़े भी तो सबसे अलग होते थे, एकदम लेटेस्ट, दिल्ली में ख़रीदे हुए। पिलानी के हॉस्टल में पढ़ते थे भैया, सिक्स्थ क्लास से ही। पहली छुट्टी में घर आए, तो ही रो-चिल्लाकर यहाँ का कुछ भी ख़रीदने से मना कर दिया। उसके बाद से आते-जाते एक दिन ज़िद करके दिल्ली में रुकते और वहीं सारी ख़रीदारी करते। बीच-बीच में पापा, प्रीति के लिए भी कुछ-कुछ लाते रहते। सफ़ेद पंप शू, जींस की स्कर्ट, चिकन का सूट। डॉली देखकर ख़ूब ललचाती।

मंडल, माँ के सामने दांत चियारकर बोलता जा रहा था, 'मुन्नू बाबू से भेंट कराने लाए थे मलकायन, थोड़ा सिखा-पढ़ा देते इसको, इस बार ज़िला स्कूल में सतवां में नाम लिखाए का है। गाँव में मास्टरसाब बोले, हिसाब में तेज़ दिमाग़ है छोरा का, बस अंग्रेज़ी कमज़ोर है।'

'हे राम, इतना बड़ा घोड़े-सा लड़का सेवेन्थ में पढ़ेगा? देखकर तो टेंथ का लगता है।' उसने बड़ी मुश्किल से हँसी रोकी अपनी।

माँ के हाथ से चूड़ा और थोड़े गले कलकतिया आम के गूदे की प्लेट लेकर मंडल का बेटा किचन के बाहर उकड़ू बैठ गया और उसपर उचटती-सी नज़र डालकर प्रीति छत पर चली गई। मंडल की घिघियाती आवाज़ सीढ़ियों तक आ रही थी, 'हमरा मालिक सरकार चपरासी बना दिए मलकायन, एकरा लगा-भिरा के ना अफ़सर कम-से-कम बाबूओ बना देई का है ना, तभिए परिवार आगे बढ़े ना...'

छत पर किचन के ठीक ऊपर सिन्टैक्स की टंकी और मुंडेर के बीच की जगह उसकी पसंदीदा थी। यहां बैठकर मम्मी और दादी के घड़ी-घड़ी बुलावे को आसानी से नज़रअंदाज़ किया जा सकता था। हरी-लाल बुनाईवाली चटाई के बीच उसने सुजनी मोड़ रखी थी। उसी में लपेटकर कोर्स की किताबों के साथ वह डॉली से मिली। जेम्स हेडली चेईज़ के हिन्दी अनुवाद और गुलशन नंदा, वेद प्रकाश जैसी किताबें छुपाकर रखा करती। अन्नू ये किताबें लेकर सीधे घर नहीं आती थी कभी। अपने घर से इन्हें लेकर निकलती भी नहीं थी। प्रीति को ही अपनी छत और उससे सटी दो और छतों को पार कर गली के कोने तक पहुँचना पड़ता था। मुश्किल से पाँच फ़ीट चौड़ी उस गली के उस पार अन्नू का कमरा दूसरी मंज़िल पर था। नीचे के पूरे मकान में किराया लगा था। डॉली के पापा ज़्यादातर गाँव में रहते। आंटी बतातीं, उनके पास कई गाँव बराबर खेत थे, वही देखते।

कोने पर पहुँचकर बस अन्नू को आवाज़ दो और वह खिड़की से बांस के एक बड़े डंडे के सिरे पर बंधे झोले में किताब घुसाकर आगे कर देती। फिर उसी में अटककर दूसरी पढ़ी हुई किताब वापस भी चली जाती। यह लेन-देन कब से चल रहा था फिर भी आज तक किसी ने उन्हें ऐसा करते नहीं देखा। इन गलियों में

चलनेवाले लोग हमेशा ही नज़रें नीची रखा करते, जिससे बड़े-बड़े कंकड़-पत्थर और पड़ोस के घर से फेंका गया कूड़ा उनके जूतों की सिलाई कमज़ोर ना कर दे।

कोने पर जाकर वह तीन बार उचक आई। अन्नू के कमरे की खिड़की बंद थी। छत की दीवार से पीठ टिकाकर उसने किताब खोल ली, जेम्स हेडली चेईज़ की किताब निपटाने में वैसे भी ज़्यादा समय नहीं लगता था। अख़बार की जिल्द हटाकर एक बार कवर देखना होता था और बीच के दो-चार पन्ने अन्नू मोड़कर दे देती थी, उन्हें पढ़ते हुए अजीब-सी गुदगुदी होती थी बस। उसके आगे-पीछे की मार-कटाई और खोजबीन उसे बिलकुल पसंद नहीं आते। गुलशन नंदा पढ़ने में भले ही पूरा-पूरा दिन बीत जाया करता। 'सिसकते साज़' अंधेरा होने तक ख़त्म नहीं हुई, तो स्कर्ट में छुपाकर वह नीचे तक ले आई थी। सोना वैसे भी दादी के साथ होता था। सोचा, रात को छिपकर पढ़ लेगी लेकिन चादर के अंदर किताब हाथ में लिए जाने कब नींद आ गई और सुबह उठने पर उसे ऊपर जाकर ठिकाने पर रखना याद ही नहीं रहा। स्कूल से लौटने पर मम्मी का रौद्र रूप देखा, तो याद आया। उसके बाद से अन्नू के घर जाना एक तरह से बंद करा दिया था मम्मी ने। अन्नू लेकिन फिर भी आती रहती। उसे इस बात का पता थोड़े ही ना था। मम्मी ने ये सब उसे बताने से भी मना कर दिया था और उसके आने पर पहले की तरह बातें भी करतीं उससे। जिस मुहल्ले में वे रहते थे, वहाँ वैसे भी ऊपर-ऊपर से रिश्ते ख़राब नहीं करने का रिवाज था।

वैसे भी अन्नू को अगर ये सब पता चलता, तो आती भी क्यों! उसे कौन-सा फ़र्क़ पड़ता था यहाँ आने, ना आने से। उसके घर में तो मंजू दी थीं, मधु दी थीं। दोनों से भी लड़ लो, तो नीचे किराएदारों के बच्चे थे। उनको एक बार डपटकर किसी भी खेल के लिए मनाया

जा सकता था। अकेली तो बस प्रीति थी, अन्नू के अलावा कोई नहीं था उसके पास। वह तो अन्नू ही थी, जो इतना सब होते हुए भी उसकी बेस्ट फ्रेंड बनी हुई थी।

वैसे अन्नू के रहते किसी और की ज़रूरत भी कहाँ थी। उसके अकेले के क़िस्से ख़त्म ही नहीं होते थे। जिस दिन भी घर आती, अंधेरा होने तक छत की मुंडेर पर बातें किया करते। पाँचवीं-छठी तक तो वे ख़ूब रस्सी भी कूदते, कमल का फूल खेलते, बगुले का झुंड जाता दिख जाए, तो दोनों हाथों के नाख़ून आपस में घिसते हुए ज़ोर-ज़ोर से 'बगुला-बगुला दान दे, चिनिया बादाम दे' भी गाते थे। फिर देखते, किसके नाख़ूनों पर बगुले ने अपना सफेद निशान वाला वरदान छोड़ा है। लेकिन अब बस बातें करना अच्छा लगता है। अन्नू के पास अपनी दीदियों की कहानियों का ख़ज़ाना जो रहता है। मधुलिका, मंजूलिका और अनामिका, कितनी हलचल होती थी उनके घर में हर समय। उनका भाई भी हॉस्टल में पढ़ता था लेकिन रांची में। मधु दी तो ख़ूब तेज़ भी थीं पढ़ने में, आईएएस की तैयारी कर रही थीं। मंजू दी ख़ूब सुंदर और शांत, हर समय कोई उपन्यास पढ़ती रहतीं। एक उमेश सर भी थे, मधु दी को पढ़ाने आते थे, ख़ुद भी आईएएस की तैयारी कर रहे थे। दोनों कमरा बंद करके पढ़ते, तो प्रीति और अन्नू दरार से झांककर उनकी बातें सुनने की कोशिश किया करतीं। अन्नू के घर ज़्यादातर उपन्यास उमेश सर ही लाया करते थे, कई इंग्लिश के भी। उन्हें सबसे ज़्यादा मधु दी पढ़तीं।

मधु दी ख़ूब कड़क मिज़ाज भी थीं। कितनी ज़ोर से तो हाथ पकड़ती थीं। एक दिन उसको कोने में ले जाकर बोलीं, 'अपनी मम्मी को बोलती क्यों नहीं? अंदर कुछ पहनने को दिया करे। ऐसे अच्छा थोड़े लगता है।'

'अंदर मने कहाँ?' उसने अकचकाकर पूछा।

अन्नू भरभराकर हँस पड़ी। ग़ुस्से में उसने घर घुसते ही मम्मी के सामने जस का तस उगल दिया। मम्मी थोड़ी देर उसे घूरती रही, फिर चूल्हे पर चढ़ी सब्ज़ी में पानी देने लगी। अगले दिन बाज़ार से उसके लिए वाइट कलर का दो अंदरवाला लेकर आ गई। कितना तो ग़ुस्सा आया था उसे। एक तो पहनने पर अजीब-सी फ़ीलिंग आती थी, उस पर उसे छुपाकर बाथरूम ले जाओ, छुपाकर सुखाओ। फिर अन्नू ने समझाया, लड़की को होता है ये सब, सबको होता है। उसके 'सबको होता है' वाले दिलासे ने थोड़ा कम कर दिया उसका दुख।

माँ कभी भी ज़्यादा नहीं बोलती उससे, दादी और पापा से भी नहीं, किसी से भी नहीं। बस किचन का काम करती और ज़ीटीवी देखती। दादी ख़ूब कहानियाँ सुनातीं। गाँव की, रिश्तेदारों की, अपने बचपन की, पापा-मम्मी की शादी की। एकदम नीरस, बिना उतार-चढ़ाव की कहानियाँ। वही दस-बारह कहानियाँ, दस-बारह सौ बार सुनी हुई। उससे तो अन्नू की चटपटी कहानियाँ कितनी अच्छी-सी थीं।

जिस दिन स्कूल होता, दोनों का साथ सुबह रिक्शे से ही शुरू हो जाता। पहले तो दोनों की क्लास भी एक ही थी, शहर के इकलौते कॉन्वेंट स्कूल में, जिसमें इंग्लिश और हिन्दी दोनों मीडियम से पढ़ाया जाता था। जिस समय पापा एडमिशन के लिए गए थे, शायद इंग्लिश मीडियम में जगह नहीं बची थी। प्रिंसिपल मैडम ने कह दिया कि जगह बनते ही कुछ महीनों में उसे इंग्लिश मीडियम में डाल देंगी। फिर जाने क्या हुआ, किसी को इसकी याद ही नहीं रही और हिन्दी मीडियम में पढ़ते-पढ़ते उसने आठवीं पास कर ली। ना मुन्नू भैया अपने बोर्ड के बाद की उन छुट्टियों में उसकी किताबें पलटते, ना किसी को सुध आती उसका मीडियम बदलने की। नौवीं

में अन्नू से बिछड़ना और उन स्नॉब, अकड़ू इंग्लिश मीडियमवाली लड़कियों के साथ रहना उसे बिलकुल पसंद नहीं था। तभी से अन्नू से दोस्ती और गहरी हो गई थी उसकी और आज तीन दिन से मंजू का कोई अता-पता नहीं था, उसका तो सांस लेना भी मुश्किल हो रहा था जैसे। स्कूल खुलने में अभी पंद्रह दिन और थे, रिक्शे का भी सहारा नहीं।

किसी के होने की गंध नथुनों में घुसी, तो उसने सिर उठाया लेकिन यह अन्नू नहीं, वह फ़नी-सा लड़का था, मंडल का बेटा। वैसे ही एकटक देखे जा रहा था उसे।

'हूँ! क्या है?' उसने झल्लाते हुए पूछा।

'निच्चा चलिए, बजा रहे हैं आपको, आपका मम्मी।'

नीचे किचन में दादी और मम्मी की खुसुर-फुसुर चल रही थी। ऐसा बहुत कम होता था, जब दोनों रसोई में साथ हों। दादी या तो पूजा करतीं या पड़ोसियों के घर जाकर घंटों बैठी रहतीं। खाना भी दोनों कम ही साथ खाते। दोपहर में बाबा का खाना मंडल बाहर के कमरे में ले जाता, उसे और दादी को टेबल पर परोसकर मम्मी या तो किचन में काम ख़त्म करतीं या अपना खाना लेकर टीवी के सामने बैठ जातीं।

'ई दू हंस का जोड़ तो अब टूट गया।' उसे देखते ही दादी ने कहा।

'इसको समझाते-समझाते हम थेथरा गए, अब समझेगी जाके।' माँ ने हामी भरी।

समझाया फिर दोनों ने बारी-बारी से। चार दिन पहले कॉलेज गई मंजूलिका दीदी वापस नहीं लौटीं। अगले दिन आई उमेश सर

के साथ। भर मांग सिंदूर और माला पहनकर, मनोकामना मंदिर में शादी करके। उनकी मम्मी को तो वहीं फ़िट आ गया। परसों उसके पापा आए और बाक़ी सबको गांव ले गए।

'लेकिन उमेश सर तो मधु दी...', वह कहना चाहती थी लेकिन चुप्प लगा गई।

अन्नू उसके बाद कभी नहीं आई। पंद्रह दिन बाद गाँव से ही मधु दी की शादी हो गई। पापा गए थे उनके गांव न्यौता लेकर लेकिन ना मम्मी गईं, ना उसे किसी ने साथ चलने को पूछा। आंटी कहती थी, मधुलिका आईएएस बनेगी और उनके लिए आईएएस दूल्हा आएगा। उनकी शादी में एक जैसे कपड़े पहनने के कितने प्लान बनाए थे उसने और अन्नू ने। वही अन्नू मधु दी की शादी के बाद आगे की पढ़ाई के लिए अपने मामा के घर भेज दी गई। आंटी गाँव में ही रह गईं और दुमंज़िला पर भी किराएदार आ गए। छत पर अकेली बैठी प्रीति को ख़ूब-ख़ूब रोना आता लेकिन वह रोक लेती आंसू।

गर्मी की पूरी छुट्टी मंडल का बेटा घर आता रहा। पाँच काम माँ के करता और पाँच मिनट भैया के साथ पढ़ने की रस्म निभाता। उसे ख़ूब चिढ़ मचती उससे, भैया से, सोनू से, मम्मी-पापा से, अन्नू के मम्मी-पापा से, ख़ुद से, सब से।

छुट्टियाँ ख़त्म हो गईं। मुन्नू भैया पिलानी चले गए। इस बार सोनू भी गया लेकिन पिलानी नहीं, पटना के हॉस्टल। दादी ने बताया, पिलानी की फ़ीस बहुत बढ़ गई थी। भैया का ही मुश्किल से चल रहा था। हर साल कट्ठा, दो कट्ठा ज़मीन बेचकर।

मंडल का बेटा भी अपने स्कूल जाने लगा। छुट्टीवाले दिन ज़रूर घर आता अपने बाप का हाथ बंटाने। कभी-कभी स्कूलवाले दिन शाम को भी।

'फ़ेल कर जाएगा मलकाइन अंग्रेज़ी में, नहीं मुन्नू बाबू तो दीदीजी देख देते बीच-बीच में।' मंडल ने एक बार फिर घिघियाकर माँ के सामने कहा।

एकदम तो बोका था यह, काहे का सातवीं में पढ़ेगा। वह टेंस पढ़ाने बैठी उसे, तो सेंटेंस बनाना भी ठीक से नहीं आता था। उस पर कुछ बोलो, तो भी मुंडी गोत के बैठा रहता।

मंडल दिखता, तो वह लगा-बुझाकर रिपोर्ट भी दे देती उसको, 'हमसे नहीं होगा इसको पढ़ाना-वढ़ाना, इसको तो कुछ भी नहीं आता। देखो ज़रा भर-भर के तो स्पेलिंग मिस्टेक होती है।'

मंडल उसी के सामने जड़ से कान पकड़ लेता बेटे के, 'का कह रही हैं रे दीदीजी, पढ़ता काहे नहीं है मन लगा के?'

प्रीति का मन अंदर से खिल-खिल जाता। पूरा दिन इंग्लिश मीडियम वाले स्कूल में घुटने के बाद उसको डांट सुनवाकर तबीयत हरी हो जाती। डिक्टेशन में चुन-चुनकर शब्द देती, ज़्यादातर ग़लत होते फिर उनको दस-दस बार लिखने का हुक्म। जाते समय उसे ख़ूब होमवर्क भी दे देती। जिस दिन कुछ नहीं होता, उस दिन चार पन्ने हैंडराइटिंग के ही सही। वह थोड़ी देर घूरता रहता फिर मुंडी गोत देता ज़मीन में।

अन्नू होती, तो उसे कितना बताती मंडल के बेटे के बारे में। बताती क्या, दोनों साथ मिलकर कितना मज़ाक बनाते इसका लेकिन अन्नू होती तो इस फ़नी लड़के के बारे में इतना सोचने की ज़रूरत ही क्यों पड़ती? अन्नू को याद करके मन ना जाने क्यों उदास हो जाया करता है, वैसे आजकल मन जाने क्यों हमेशा उदास रहता है। कुछ सोचो तब भी, नहीं सोचो तब भी। अन्नू को तो यह भी नहीं पता कि इस बार वर्मा अंकल आए थे तो क्या हुआ था।

पापा के बचपन के दोस्त दिल्लीवाले वर्मा अंकल। साल में एकाध बार इधर की देखभाल करने आते रहते थे। उनके परिवार में और किसी के बारे में उसने कभी नहीं सुना। उन्हें चाय देने जब वह जाती तो उसे अपनी बाईं ओर खड़ा कर वह अपने बाएं हाथ से उसकी पूरी पीठ से होते हुए बाएं कंधे पकड़ लेते और स्कूल की, पढ़ाई की कई बातें पूछते पूरी हुलस के साथ। कई बार पापा को अच्छी किताबों के लिए सलाह भी देते। इस बीच अंकल की उंगलियाँ कंधा छोड़ चुपके से उसकी कांख के बीच से घुस जाया करतीं और उस जगह दबा-दबाकर टटोलती रहतीं। चेहरे से वह अब भी उसकी पढ़ाई-लिखाई के लिए चिंतित पापा के जिगरी दोस्त हुआ करते थे लेकिन उंगलियाँ उनकी जैसे कुछ और हो जाया करती थीं। पूरे शरीर में झुरझुरी फैल जाती उसके। पापा बड़े ग़ौर से सामने बैठकर देखा करते। बीच-बीच में अंकल की बात का जवाब भी दिया करते। कभी छूटने के लिए थोड़ा कसमसाती भी तो पापा टोक देते, 'तमीज़ से खड़े रहकर जवाब दो प्रीति।'

उस दिन चाय मम्मी थोड़ा बाद में लेकर आईं। पर्दे के पास ट्रे लेकर थोड़ी देर यों ही खड़ी उसे देखती रहीं फिर थोड़ा तेज़ होकर उससे कहा, 'ये ट्रे पकड़ो ज़रा।' वर्मा अंकल का हाथ एकदम से नीचे आया। ट्रे रखने के बाद उसे भी रुकने नहीं दिया मम्मी ने, हाथ पकड़कर अंदर ले गईं। आंगन में पहुँचकर हाथ छोड़ा और चुपचाप किचन में घुस गईं और कोई बात नहीं की, कुछ भी नहीं। लेकिन अब उसे चाय लेकर वर्मा अंकल के सामने नहीं जाना पड़ता है।

और भी तो रोज़-रोज़ कितना कुछ हो जाता है। कहाँ पता है अन्नू को कि आजकल अंदर-बाहर के कपड़ों के बीच छोटा शीशा भी छिपकर बाथरूम जाने लगा है प्रीति के साथ। आईना देखते हुए

नहाना एकदम से अच्छा लगने लगा है, पता नहीं क्यों। मम्मी ख़ूब भुनभुनाती, जब आधे घंटे पर नहाकर निकलती। तो भुनभुनाती रहें, कौन-सा उसे नहीं पता है स्कूल निकलने का टाइम और कौन-सा अब उसके बाद सोनू को भी नहाने जाना है। छुट्टीवाले दिन तो और निश्चिंत। नवम्बर में बारह बजे के बाद टंकी का पानी एकदम गरम। संडे को वही टाइम सही है। सामने स्टूल पर शीशा उढ़काकर घंटों बिताओ, तब तक मम्मी भी टीवी के सामने होती थीं।

संडे ही था उस दिन भी, जब नहाते समय वह दिख गया था। बाथरूम के साथ एस्बेस्टस की छतवाले स्टोर पर कोहड़े की लत्तियां फैली थीं। एकदम से नज़र ऊपर गई, तो पाया छत पर घुटने के बल बैठा वेंटिलेटर के शीशे में आँखें घुसाए मंडल का बेटा उसे एकटक देख रहा था, गोल विस्फरित आँखों से, न जाने कितनी देर से। पानी के ऊपर पसीने ने दोहरा भिगा दिया प्रीति को। उससे नज़रें मिलीं, तो भी वहीं बैठा देखता रहा था, आँखों के कोर भी जैसे फट रहे थे उसके। थरथराते हाथों से तौलिया ढूँढ़ने लगी, तो वह एकदम से पलटा और नीचे कूद गया। कांपती हुई बाहर निकली, तो थरथराता-सा वह भी सामने आ रहा था, दाएं हाथ में बड़ा-सा कोहड़ा पकड़े।

'ला भाग के हिंया ला, लीजिए मलकाइन, बौआ तोड़ के ले आया, अब हम काट देते हैं इसको, मोरब्बा बनेगा ना इसका।' मंडल हंसुआ लेकर नीचे इंतज़ार ही कर रहा था उसका।

उसने सिर उठाकर देखा। मंडल के बेटे का बस चलता, तो मुंडी ज़मीन में गोत लेता अभी, केहुनी तक से पसीना टपक रहा था उसके। कमरे में पहुँचकर प्रीति बहुत देर तक घुटनों में सिर डाले बैठी रही। उसे लगा, ऐसे समय में उसे रोना चाहिए था लेकिन चाहने पर भी रोना नहीं आ रहा था। ऐसा कुछ नहीं हुआ, जो वर्मा

अंकल की बग़ल में खड़े रहने पर होता था। कोई झुरझुरी नहीं बल्कि गुदगुदी-सी हो रही थी, थोड़ा डर भी लग रहा था।

मम्मी को पता चला तो..

लेकिन बताएगा कौन?

बताना तो उसे ही चाहिए था..

और सुनते ही मम्मी कान पकड़कर घर से निकाल भी देगी मंडल के उस बोक्के बेटे को।

पता नहीं क्यों लेकिन मंडल के बेटे को घर से निकाले जाने का ख़याल अच्छा नहीं लगा प्रीति को इसलिए दूसरी ओर के आंगन में गीले कपड़े टांगकर वह टीवी के सामने बैठ गई।

'दीदीजी अब पढ़ता है कि नहीं मन लगा के?' मंडल ने फिर पूछा।

'हाँ! बहुत पढ़ता है अब तो।' उसने कोशिश की कि कंधे लापरवाही में उचकें।

उसकी ओर देखे बिना भी प्रीति समझ गई कि भावहीन से उस चेहरे पर प्रत्यंचा-सी मुस्कान खिंच गई थी, सांवले गाल बैंगनी हो गए थे।

ना, हमेशा विस्फरित नहीं रहतीं उसकी आँखें। ध्यान से देखो, तो कुछ भाव भी आते हैं। जैसे उस दिन जब उसकी ज़िद पर दादी ने कश्मीरी फ़ेरीवाले से फिरन ख़रीदवा दिया था और लाल रंग के उस फिरन को पहनकर वह जान-बूझकर बोबा की कुर्सी के सामने बैठ गई थी, तो पास में गुलाब की क्यारी खोदते उसकी आँखों में अपने कपड़े का प्रतिबिंब भी देख पाई थी।

फिर उस दिन जब महीनों बाबा से डांट सुनने के बाद उसने कोशिश कर-करके गुलाबी और पीले गुलाबों का हाइब्रिड खिला दिया था, तो बाबा से बीस रुपए का ईनाम लेते ही उसकी आँखों में भी एक नारंगी-सी कौंध छितर गई थी।

कभी वह और दादी जब रिक्शे में बाज़ार जाते, तो उनके पीछे पापा की पुरानी साइकिल दौड़ाता वह गेहूँ की भारी बोरी लिए घंटी टनटनाता आगे निकल जाता। तब पीछे मुड़कर उनके रिक्शे को देखते वक़्त भी उसकी आँखों में चांदी-सी चमक होती। कई बार महसूस किया प्रीति ने, उसके चेहरे पर किसी भी भाव को पढ़ लेने में सफल होते ही उसकी बांहों के रोंगटे खड़े हो जाते हैं यकायक। फिर वह हथेलियों से रगड़कर बांहों को समतल करने की कोशिश करने लगती।

•••

'अभी वक़्त है स्टेशन आने में, आप इतना बाहर नहीं लटकें।' साथ खड़े सहयात्री ने टोका, तो नींद से जागी प्रीति। वह सचमुच डब्बे की रेलिंग पकड़कर आधी आगे लटकी हुई थी। थोड़ा पीछे होकर डब्बे की दीवार से पीठ टिका ली उसने।

अन्नू, मंडल, मंडल का बेटा सब जाने पिछले जन्म की बातें लगती हैं। कहाँ से कहाँ पहुंच गई ज़िंदगी लेकिन अपना शहर पास आते ही बग़ल से गुज़रती हवा उसे बचपन की यादों की एक-एक थाती सौंपती जा रही है जैसे। इस बार छह बरस बाद लौटना हो पाया है।

वैसे याद दूर जाने के बाद ही आती है क्योंकि जैसा सब चल रहा था, उसका वह शहर छूटता भी नहीं। शायद अगर उस बार वर्मा अंकल अपना घर-ज़मीन बेचने एक आख़िरी बार नहीं आए होते।

बीए का फ़ाइनल ईयर था। पापा ने शादी के लिए लोगों के दरवाज़े अगोरने शुरू कर दिए थे। मुन्ना भैया के विजातीय प्रेम विवाह ने पापा के वर अनुसंधान को और मुश्किल बना दिया था। मदद के लिए उन्होंने वर्मा अंकल के सामने भी गुहार लगाई, तो उन्होंने कंधे उचका दिए, 'बीए, एमएवाली लड़की से कौन करता है शादी, पंद्रह-बीस लाख तिलक भी जुटाओगे और ढंग का लड़का भी नहीं मिलेगा। कुछ एमबीए, बीसीए करवाने में ख़र्च करो, तो ढंग का लड़का हाथ आएगा।' उस एक वाक्य ने वर्मा अंकल को उनके सारे अनधिकृत चेष्टाओं की माफ़ी दिलवा दी थी।

पहले एमबीए के लिए बेंगलुरु फिर नौकरी के लिए हैदराबाद। मनोज से पहली मुलाक़ात भी बैंक के इंडक्शन प्रोग्राम में ही हुई थी। उसके बाद दुनिया जैसे दूसरी ही धुरी पर चलने लगी। पापा के रिटायरमेंट पर तीनों भाई-बहनों के जुटने का बहाना नहीं होता, तो इस बार भी यहाँ आ पाना मुश्किल था। फिर माँ ने ज़िद करके उसे दोनों भाइयों से एक दिन पहले ही बुला भेजा।

इंसानों के जाते ही क्या घर की ईंटें और दीवारें भी अपनी शक्लें बदल लेती हैं? पुराने कमरे में अपना सामान रखते वक़्त बार-बार यही ख़याल आता रहा। क्यारी के ज़्यादातर पौधे मुरझाए-से थे और दादी-बाबा के कमरों में निस्तब्ध सन्नाटा। अन्नू का पुराना घर भी कब का टूट चुका था। केवल माँ की कहानियाँ इस बार ख़त्म होने का नाम ही नहीं ले रही थीं। अपने अकेलेपन की, छोटकी पीसी की बेरुख़ी की, रुचि भाभी की मनमानी की, सोनू के लिए आ रहे रिश्तों की, पापा की तबीयत की।

बाबा की कुर्सी पर बैठे पापा अपनी फ़ाइलें पलट रहे थे, तभी सामने दिखाई दिया वह, मंडल का बेटा, सिर झुकाकर चुपचाप पापा से पेपरों पर साइन करवाते। सिर उठाकर उसने एक बार

देखा प्रीति की ओर फिर बैग से दूसरे काग़ज़ निकालने का उपक्रम करने लगा।

प्रीति की उंगलियाँ बेसाख़्ता हरकत में आ गईं। पोरों से अपने हाथों को सहलाते हुए उसने रोंगटों को महसूस करना चाहा। लेकिन कुछ हुआ नहीं, बस एक उत्सुकता जागी, 'ये क्या कर रहा है आजकल माँ?'

'ये कौन?' माँ चाय छान रही थी।

'अरे यही, मंडल का बेटा, इस बार उसने अपने सवाल में अतिरिक्त लापरवाही मिलाने की कोशिश की। पापा के ऑफ़िस में लगता है बन ही गया बाबू।'

'नहीं रे, चपरासी ही लगा है, मंडल की जगह अनुकंपा पर। मंडल मर गया ना पिछले साल। रिटायर होने से तीन महीना पहले। तुम्हारे पापा ही लगवा दिए लग-भिड़कर, नहीं तो कहाँ मिलता सरकारी नौकरी आजकल। एक तो जात का बाभन और दूसरा बीए-फीए का डिग्री।' माँ की आवाज़ में बाबा का विद्रूप कैसे तो रिफ़्लेक्ट करने लग गया अब।

मंडल का बेटा उनकी ओर देखे बिना उसी तरह सिर झुकाकर वापस चला गया, तो चाय की ट्रे टेबल पर रखकर माँ उसे केहुनी का टोहका देते हुए फुसफुसाईं, 'अब फ़ोन पर ये सब क्या बताते, पूरा शहर में हल्ला है कि मंडल को यही उसका बेटा ट्रेन से धक्का देकर गिरा दिया था। केतना उम्मीद था मंडल को इससे, केतना साल चप्पल घिसा इसी बेटा को नौकरी दिलाने के लिए। बेटी सब का बियाह का चिंता छोड़ एतना ख़र्चा किया इसपर और बेटा उसी नौकरी के लिए बाप को ही... नहीं तो सोचो, जब यहाँ से बस सीधा उसके गाँव पहुँचती है, तो क्या ज़रूरत थी पचास रुपया में ज़िद

करके ट्रेन से गाँव लेकर जाने की।' माँ की आँखों से जुगुप्सा टपक रही थी।

'सब आकर मना किया तुम्हारे पापा को कि नहीं करे उसके लिए भागदौड़ लेकिन तुम्हारे पापा सुनते हैं क्या किसी का? बोले, ऊ सब देखना-करना पुलिस का काम है। और हमको क्या करना है इसका, साल भर में रिटायर हो जाएंगे, उसके बाद वैसे भी बड़ा ना कोई पूछने आ रहा है हमको। लेकिन एतना साल मंडल सेवा किया हम सबका, उसका परिवार के लिए ये करना तो बनता ही है।'

थरथराते हाथों से चाय का कप वापस ट्रे पर रख प्रीति थरथराती उंगलियों से दूसरी बांह पर उग आए कांटों को दबाने की कोशिश करती रही।

आई लाइनर

दावे के साथ कह सकता हूँ कि लड़कियों की 'दुर्दशा' पर आठ-आठ आँसू बहानेवाले और उन्हें बराबरी का हक़ दिलाने के लिए गला फाड़कर चिल्लानेवाले मर्द कभी किसी गर्ल्स कॉलेज के भीतर अकेले नहीं गए होंगे और अगर गए भी होंगे, तो बिना सिर मुंडाए बाहर लौट कर नहीं आए होंगे। पहली बार मेरा जाना हुआ था, जब मिताली फ़ीस भरने के आख़िरी दिन पैसे और आईकार्ड घर भूल आई थी और पापा ने मुझे सीधे उसकी प्रिंसिपल के ऑफ़िस पहुँचने का हुक्म सुनाया था। गेट से घुसते ही बास्केटबॉल कोर्ट की दीवार पर तीस-चालीस लड़कियाँ कोरस में टांगें झुलाती दिख गईं, तो नज़रों समेत मेरा पूरे का पूरा सिर साठ डिग्री के कोण पर झुक गया। बड़ी मुश्किल से हकलाते हुए एक से मैंने प्रिंसिपल ऑफ़िस का रास्ता पूछा, तो गेट से दाएं, फिर तीन दरवाज़े पार बाएं फिर सीधे, दाएं और बाएं का दुरूह रास्ता समझ जिस जगह पर मेरी यात्रा ख़त्म हुई, उसके सामने सड़ांध मारता टॉयलेट नज़र आया। उल्टे पैर वापस बाहर आया, तो सामूहिक ठहाकों ने ऐसा स्वागत किया कि फिर वापस अंदर। उसके बाद का हाल रहने देते हैं क्योंकि जानकर आप यों भी मज़े लेने के अलावा और कुछ नहीं करेंगे। तो मैं दोबारा क्यों बनूँ बकरा।

मैं? यानी इस छोटे से शहर की इकलौती यूनिवर्सिटी में पॉलिटिकल साइंस के प्रोफ़ेसर का इकलौता बेटा, जो उनकी दो होनहार बेटियों के बीच पैदा होने की ग़लती कर गया था।

'एक जनम औरत बनके गुज़ारना पड़े, तो पता चले इन लोग को, बरामदे में बैठकर हुकुम चलाना और कुसमय चूल्हा जलाने में क्या अंतर होता है।' आधी कड़ाही तेल में प्याज़ के पकौड़े छोड़तीं मम्मी जब भी भुनभुनातीं, पीछे के दरवाज़े से चाय के लिए दूध की थैलियाँ लेकर घुसते-घुसते मैं चुपके से उनकी प्रार्थना के साथ अपनी अर्ज़ी भी लगा देता, 'हे भगवान, बाक़ी सब वैसा ही रहने देना, बस अगले जन्म में इस घर में बेटी बनाकर ज़रूर पैदा कर देना, चाहो तो उसके लिए ये जन्म थोड़ा शॉर्ट कर दो।'

बाहर बरामदे पर उसके तीन घंटे पहले से पापा अपने साथी प्रोफ़ेसरों और स्टूडेंट्स के साथ बिल क्लिंटन की इम्पीचमेंट से लेकर वाजपेयी की तेरह दिन की सरकार और वॉर्ड कमिश्नर के चुनावों में मुन्ना पांडे की हार तक की वजहों पर धाराप्रवाह बहस कर रहे होते। पकौड़ों की ख़ुशबू से उनके दो-चार भगत और जुट जाते और दूध की ख़ाली पतीली धम्म से ज़मीन पर पटक मम्मी मेरे स्टडी टेबल के सामने झोला और पैसे लिए खड़ी हो जातीं, 'पीछे के दरवाज़े से जाना और पीछे से ही आना, समझे ना।'

पापा के सुधारवादी आधुनिक ख़यालों के पीछे हमारा परिवार इतना मॉडर्न तो हो ही गया था कि लड़कियों को लड़कों के बराबर अधिकार देने का रिवाज घर में पूरी तरह लागू था लेकिन इतना मॉडर्न भी नहीं हुआ था कि लड़कों को लड़कियों के बराबर के हक़ दे दिए जाएं। इसलिए बहनों को तो पढ़ाई का हर्ज़ा कर घर और रसोई के काम माँ का हाथ बँटाने की सख़्त मनाही थी लेकिन सिलिंडर भरवाने से लेकर सब्ज़ी लाने जैसे काम अब भी मेरी ज़िम्मे थे। बहनों को देर शाम के ट्यूशन या उनकी सहेलियों के घर तक लाने-पहुँचाने का बोझ तो मैं जाने कब से उठा रहा था।

हम बड़े संस्कारी टाइप मुहल्ले में रहते थे, जहाँ एक परिवार की बेटी सबकी बेटी होती थी और एक का बेटा सबका सामूहिक नौकर। गेट पर पापा से बतियाते सिंह अंकल का चेहरा मेरे हाथ में बाइक की चाभी और ख़ाली झोला देखते ही खिल उठता। बड़ी नफ़ासत से गुटखा हमारे गेट के अंदर थूकते हुए वह आवाज़ देते, 'मोटरसाइकिल से ही निकलोगे ना बबुआ, चौधरी के मिल पर हमारा आटा पिसा होगा, दस किलो का, उठाते आना ज़रा। जब से बबलू बेंगलुरु गया है, तुम्हारी आंटी हमसे ही करवाती रहती हैं ये बेगार।'

ये अलग बात है कि जब मैं निकर में ही घूमता था और मेरे ज़िम्मे के कामों में केवल चौराहे की दुकान से ब्रेड और अंडा लाना भर था, तब से मैंने बबलू भैया को मुहल्ले में नहीं देखा था। असल बात तो फुल पैंट पहनना शुरू करने के काफ़ी बाद मालूम हुई कि बबलू भैया को दरअसल मुहल्ले की सर्वसम्मति से निकाला गया था, अपने पिता के जिगरी दोस्त की इकलौती सुपुत्री से इश्क़ लड़ाने की हिम्मत के जुर्म में। वैसे इन 'लफ़ड़ों' के जानकार अब भी एकमत थे कि पहल सिन्हा अंकल की बेटी विनीता ने ही की थी। सिन्हा आंटी ने बबलू भैया को आवाज़ दी थी कि अपने घर के साथ उनकी रसोई के लिए भी दो-चार सब्ज़ियां ले आएं लेकिन विन्नी दीदी के पकड़ाए सब्ज़ी के थैले और नोटों के बीच फ़क़त दस शब्दों का एक छोटा-सा पुर्ज़ा भी मिला बबलू भैया को।

बबलू भैया का गुनाह बस इतना था कि उन्होंने जवाब देने में ज़रूरत से ज़्यादा देर लगा दी। विन्नी दीदी के 'ये दिल तुम बिन कहीं लगता नहीं हम क्या करें' के जवाब में शायर-मिज़ाज बबलू भैया ने शहर की सारी लाइब्रेरियां छान मारीं और ग़ालिब की शायरी से लेकर साहिर के गीतों और राजेश खन्ना के संवादों का

ऐसा कॉकटेल तैयार किया, जिसे पढ़कर उनकी मंडली में सबकी आँखें भीग गईं। चूंकि साहित्यिक नगीनों से लबरेज़ ऐसी रचना के साथ लेखक का नाम नहीं डालना ज़्यादती होती इसलिए पंचों की राय से ख़त को एक आख़िरी बार फ़ेयर किया गया और नीचे बड़े गोल अक्षरों में नाम भी लिखा गया 'बलराज सिंह।' उसके बाद डेढ़ दिन और लगे उस परफ़ेक्ट परफ़्यूम की खोज करने में, जिसे उस ख़त पर छिड़ककर विन्नी दीदी तक पहुँचाया जा सकता।

विन्नी दीदी सुबह की चाय अपने घर के बाग़ीचे में टहल-टहलकर पीती थीं, यह मुहल्ले के सभी लौंडों को पता था। छोटे-से पत्थर में गुलाब के फूल के साथ चिट्ठी को बांधकर उसी वक़्त फेंका गया लेकिन वह गिरा सिन्हा अंकल के पैरों के पास, जो उस सुबह माली से क्यारियों की सफ़ाई करा रहे थे। वह दिन कोई और होता, तो भी शायद सिन्हा अंकल 'बलराज सिंह' को डीकोड करने में ज़्यादा मेहनत नहीं करते। लेकिन उस दिन उनके घर कुछ ख़ास मेहमान आने वाले थे इसलिए पैसों और झोले के साथ समोसे, मिल्क चॉप और लिम्का की बोतलों की लिस्ट पकड़ाते वक़्त उन्होंने बबलू भैया से ही पूछ लिया कि ये बलराज सिंह कौन है?

विन्नी दीदी की शादी की तारीख़ तीन महीने बाद की निकली लेकिन तब तक बीएससी कर सिविल की तैयारी कर रहे बबलू भैया पैक होकर बेंगलुरु के उस प्राइवेट इंजीनियरिंग कॉलेज में भेजे जा चुके थे। मैंने फुल पैंट पहनना इस घटना के सात साल बाद शुरू किया। तब तक विन्नी दीदी तो तीन बच्चों की माँ बन चुकी थीं लेकिन हमारे बबलू भैया इंजीनियरिंग कॉलेज के थर्ड ईयर तक भी नहीं पहुंच पाए। इतने धक्के खाकर वह कर्नाटक के प्राइवेट इंजीनियरिंग कॉलेजों में एडमिशन के एन्साइक्लोपीडिया ज़रूर बन गए थे। आजकल वह अपना कमीशन लेकर पैंतालीस

से पच्चासी परसेंटवाले किसी भी होनहार का अलग-अलग फ़ीस पर प्रांत के किसी भी इंजीनियरिंग कॉलेज में एडमिशन करा सकते हैं। मुहल्ले में ये कहावत मशहूर थी कि लड़का अपने बल पर कुछ कर गया, तो ठीक, नहीं तो बबलू तो है ही, कहीं-न-कहीं धरवा कर इंजीनियर तो बनवा ही देगा बबुआ को। लब्बोलुआब ये कि लड़का वही क़ाबिल समझा जाता था, जिसे बबलू के हवाले करने की नौबत नहीं आए।

बबलू भैया का काम-काज हालांकि ठीक ही चल रहा था और तैंतीसवें साल में वाइटफ़ील्ड में एक लॉज के मालिक की इकलौती बेटी एस. श्रीलता से बाक़ायदा प्रेम-विवाह कर मकानमालिक भी बन गए थे लेकिन उनकी बाद की पीढ़ी में जवान हुए लड़कों में मोहल्ले की लड़की से इश्क़ लड़ाने का जोश ठंडा ही पड़ा रहा। यह तलब मिटाने दूर-दराज़ के मोहल्लों या आस-पास के शहरों के चक्कर भले ही लगा लिया करते थे लोग-बाग। ख़ैर, बात से बात ही नहीं बात की खाल भी निकल जाती है बेमतलब। कहाँ अधकचरे बालोंवाले बबलू भैया और कहाँ नया-नया जवान मैं।

'दिल तो पागल है' वाले साल में जब धड़कनें माधुरी के पारदर्शी सूट के बजाए करिश्मा के टाइट्स से बढ़ती थीं, अपनी जवानी का पहला एहसास मुझे यों ही नहीं हुआ, करवाया गया। उस दिन जब मैं बाइक पर बैठकर मिताली को उसके ट्यूशन से लेने गया और मिताली के कराए परिचय के जवाब में थोड़ी चौड़ी कमर और चुंधियानेवाले गोरे रंग की उस बाला ने हैलो बोल तीन बार अपनी आँखें झपकाईं। इसके पहले मैं मौसमी दीदी के दोस्तों के गाल खींचकर 'ये भाई लेने आया है तुम्हें, हाउ क्यूट' कहने का ही अभ्यस्त था। हालांकि उस ज़माने में मैं एटलस साइकिल चलाता था और गिरने के डर से दीदी और मैं साइकिल पकड़े चलते-चलते

ही घर आते थे। यह कमाल मेरी अधकचरी दाढ़ी का था या राजदूत का, पता नहीं लेकिन थोड़े समय के लिए मैं उसकी आँखों से नज़रें हटाना भूल ही गया। कुछ तो अलग था उनमें, ओफ़्फ़ ओह, उसने आँखों के ऊपर भी काजल लगा रखा था। यों बहनों के चलते लड़कियों के साज़-ओ-सामान का इतना ही बड़ा एक्सपर्ट था कि मॉव और मैजेंटा के बीच का फ़र्क़ बता सकता था लेकिन आँखों के ऊपर लगाया जाने वाला काजल आज पहली बार देख रहा था। (उसे आई लाइनर कहते हैं, ये थोड़े समय बाद पता चला।) उसने इस बार प्रश्नवाचक में पलकें झपकाईं, तो मुझे अपनी नज़रें वापस मिताली पर टिकानी पड़ीं।

'ट्यूशन क्लास ज़्यादा लंबी चल गई भाई, आज प्रियंका को उसके घर ड्रॉप करते चलेंगे प्लीज़?' मैं मिताली की आवाज़ में अनावश्यक मिठास को नज़रअंदाज़ करता बस बिना वजह मुस्कराता रहा। उस समय पहुँचा, तो मैं दोनों को कंधे पर बिठाकर भी बाइक चला सकता था। यों बीच में मिताली ही बैठी फिर भी सारे रास्ते पीठ में गुदगुदी होती रही। उतरने के बाद उसने मेरी तरफ़ देखकर दो बार पलकें झपकाईं और मिताली को थैंक्स बोलकर हवा हो ली।

नॉट बैड, मैंने हिसाब लगाया। पहली मुलाक़ात में ना केवल मैं बाला के घर तक पहुँच गया था बल्कि मेरी इश्क़बाज़ी के नए खुले अकाउंट की बैलेंस शीट में चार मुस्कराहटें और एक अधूरा-सा थैंक यू भी दर्ज हो चुका था। इस उत्साह में घर पहुँचने पर यह भी ध्यान नहीं रहा कि पापा बरामदे में ही बैठे हैं। मैं सीधा सामने के दरवाज़े से अंदर जाने लगा।

'बंटी नमस्ते करो, भोपाल वाले चौबे अंकल हैं ये।' पापा के साथ रहकर हम सब अब किसी अपरिचित इंसान से परिचय कराए जाने पर भी अपने चेहरे पर ऐसे भाव लाने में एक्सपर्ट हो गए थे,

जैसे हमारे घर में कनछेदन भी फलाना अंकल की सहमति से ही होता हो।

'क्या करते हो बेटे?'

'जी बीकॉम के साथ सीए का एंट्रेंस।'

'कॉमर्स पढ़ रहे हैं साहबज़ादे। दो बहनों का क्लीनिक संभालने के लिए अकाउंटेंट तो चाहिए ना, हे हे हे।' पापा मेरा जवाब वैसे भी पूरा कहाँ होने देते हैं कभी, अब तक मैं इस ज़लालत पर भी मुस्कराना सीख गया था और वैसे भी पीछे से मिताली तो आ ही रही थी नमस्ते की अगली कड़ी संभालने।

ऐसा नहीं है कि पापा चार्टर्ड अकाउंटेंट और अकाउंटेंट के बीच का अंतर नहीं जानते लेकिन साइंस हमारे पापाजी की दुखती रग रही है। उन्हें पता है कि राजनीतिक प्रवचन कर वह एक के बाद एक हॉस्टल के वॉर्डन से लेकर यूनिवर्सिटी के एग्ज़ामिनेशन कन्ट्रोलर जैसे पदों पर भले ही बने रहें लेकिन आर्ट्स विषय का प्रोफ़ेसर डेढ़-डेढ़ सौ बच्चों के पाँच बैच को ट्यूशन पढ़ा, फ़िज़िक्स के प्रोफ़ेसर की तरह तीन मंज़िला मकान कभी नहीं ठोक सकता।

मौसमी दीदी एमबीबीएस थर्ड ईयर में थीं और मिताली बीएससी के साथ तीसरी बार मेडिकल एंट्रेंस की तैयारी में जुटी थी, जबकि दूसरी कोशिश में उसे डेंटल मिल भी गया था। इसके बावजूद मैंने इंजीनियरिंग की तैयारी में केवल एक साल बर्बाद करने के बाद कॉमर्स लेने की धृष्टता की थी, जबकि हमारे घरवाले उस कहावत में विश्वास रखते थे कि 'बेटी बिगड़ी तो हुई नर्स, बेटा बिगड़ा तो पढ़े कॉमर्स।' माने मैं तो बबलू भैया की शरण में भेजे जाने के लायक भी नहीं बचा था अब।

चारों तरफ़ से लात खाता, तो पत्थर भी चिकना हो जाता है। मैंने थोड़ा बचते हुए ख़ुद को सिलिंडर बना लिया था। एकदम जेम्स बॉन्ड के सीक्रेट कैप्सूल जैसा सिलिंडर, जिसके भीतर गुप्त दस्तावेज़ की तरह मेरा फ़्यूचर प्लान सेट था। सीपीटी निकालकर मुझे किसी तरह दिल्ली निकल लेना था, बबलू भैया के बेंगलुरु से उल्टी दिशा में। इश्क़, नौकरी, पैसा सब वहीं। इस उम्र में रोमांस के पहले इतना सोचने वाला धैर्य भी म्यूज़ियम में रखने लायक ही होगा।

यों किसी पारखी ने मुझे अभी तक पहचाना नहीं था लेकिन मैं जानता था कि लड़कियों के मामलों का मुझसे बड़ा एक्सपर्ट आस-पास के दो-तीन शहरों में भी नहीं होगा। मैं तीन चार घंटे बिना झल्लाए शॉपिंग कर सकता था। एक साथ दस-बारह गोलगप्पे खा सकता था। शहर की सबसे ताज़ी सब्ज़ियां सबसे कम क़ीमत पर ला सकता था। लैक्मे और मेबलिन की नेल-पॉलिशों के दाम में अंतर बता सकता था। यहाँ तक कि लड़कियों के उन दिनोंवाले चेहरे को पंद्रह साल की उम्र से ही पहचानना भी सीख गया था। माने साइंस को छोड़ दें, तो ऐसी कोई वजह नहीं थी कि कोई लड़की मुझे रिजेक्ट कर सके। यह बात अलग है कि ये क़सम भी मैंने ही खाई थी कि मुझे इस शहर में रहकर कोई रिस्क नहीं लेना। मेरे अंदर प्यार की पहली लौ यहाँ नहीं जलेगी, दैट्स इट। दो बहनों के बीच के सैंडविच भाई को अपने शहर में जवान होते-होते ऐसी कई हक़ीक़तों से जूझना पड़ता है, जिसे बाक़ी जनता नहीं समझ सकती।

दो दिन में मैं पलकें झपकाती बाला के बचे-खुचे एहसास को कंधे से झाड़ने में कामयाब हो चुका था कि तीसरे दिन वह अपने दरवाज़े पर नज़र आ गई।

'मित्तू की फ्रेंड है, साथ पढ़ने आई है।' मम्मी कंधे से पकड़कर उसे अंदर पहुँचा रही थी। उसने मुझे देखा, इस बार बिना पलकें झपकाए और मुस्कान आधी इंच और बड़ी कर ली।

'नालायक।' मैंने अपने दिल को फटकार लगाई। 'छोटी बहन की दोस्त है। जब तक प्यार की लौ जलाएगा, किसी दिन 'भैया' बुलाकर ये उसे फुक्क से फूँक जाएगी।' मैं बाइक निकालकर बाहर हो लिया।

उसका आना-जाना लेकिन बदस्तूर ज़ारी रहा। मिताली की चूँ-चांपड़ से इतना पता चला गया कि वह दिल्ली में डीपीएस से प्लस टू करके आई है यहाँ अपनी बुआ के पास रहकर मेडिकल का एक और चांस देने क्योंकि उसके फूफाजी शहर में केमेस्ट्री के रजनीकांत माने जाते थे। इस बार नहीं निकला, तो वापस दिल्ली जाएगी।

उस दिन दोनों की ज्वाइंट स्टडी देर तक हुई, तो मुझे अकेले ही उसे घर पहुँचा आने का आदेश मिला। आरटी चौक पर गड्ढा आया, तो उसने झटके से मेरे कंधे पर अपना हाथ रख दिया और उसे अपने घरवाले मोड़ तक वहाँ जमाए रखा।

इस बार दिल ने विद्रोह कर दिया और दिमाग़ को घुटने टेकने पड़े। लौटकर सीधे अपने कमरे में आया और रिस्क एंड अपॉर्चुनिटी एनालिसिस में जुट गया। यहाँ समस्या सिर्फ एक थी, वह मेरी बहन की दोस्त थी। लड़कों के बीच तो दोस्त की बहन को बहन मान उस नज़र से देखने की हिमाक़त भी नहीं करने का अलिखित रिवाज बरसों से था। (यों हमारे पापाजी तो छोटे मामा के जिगरी दोस्त पहले थे, जो उनके घर आते-जाते जाने कब नाना की नज़र में चढ़ गए। फिर भी माँ से उनकी शादी सौ

फ़ीसदी अरेंज ही थी, जिसके लिए माँ आजतक अपनी क़िस्मत को कोसती हैं।)

फिर मुद्दे से भटके, मैंने ख़ुद को याद दिलाया। और यहाँ तो सिचुएशन थोड़ी अलग थी। ये बाला दोस्त की बहन नहीं, बहन की दोस्त थी, तो इस लिहाज़ से मैं सेफ़ था। मुहल्ला क्या, शहर के बाहर की भी थी, तो दूसरा सेफ़ साइड।

दिल्लीवाली है वह, दिमाग़ ने याद दिलाया।

करेक्ट, माने अभी फ़र्स्ट गियर भी चलते रहे, तो दिल्ली पहुँचकर स्पीड पकड़ सकते हैं।

मेरा प्रेम वृक्ष हरा हो रहा था लेकिन बही-खाते में झपकती पलकों, मुस्कराहटों और इधर-उधर से फेंके गए थैंक यू के अलावा ज़्यादा कुछ दर्ज नहीं हुआ था।

जाती हुई ठंड वाला गुलाबी इतवार था वह। बाहर बरामदे से पापा की मित्र-मंडली के शोर से बचने के लिए मैंने पीछे गार्डन में पढ़ने की कुर्सी निकाल ली थी। मिताली के कमरे की खिड़की से थोड़ा परे। चुंधियाई धूप में अंदर का कुछ दिख तो नहीं रहा था लेकिन आवाज़ साफ़ आ रही थी। किताबें परे रख मेकअप ट्राई किया जा रहा था। लिपस्टिक की कुछ शेड्स, जो शायद प्रियंका की दीदी ने उसे कनाडा से भेजी थीं।

'नो, ये क्रिमसनवाला नहीं। हमारे भाई को पसंद नहीं डार्क शेड्स, उसे सोबर कलर पसंद है।'

'हां ये प्याज़ी मस्त लग रहा है। उस सिल्कवाले सूट के साथ पहनना तुम। देखना, भाई की नज़र नहीं हटेगी तुमसे।'

साथ में खिल-खिलवाली हँसी। पकौड़ों की प्लेट उनके कमरे तक भी पहुँच गई थी क्योंकि मिताली की आवाज़ में गले में फंसे प्याज़ की खस-खस भी शामिल थी।

'अच्छा सुनो! भाई को प्याज़ नहीं गोभी के पकौड़े पसंद हैं। और थोड़ा ननदों को भी ख़ुश करने का तरीक़ा सीख लो भई! वुड बी भाभी हो हमारी। ऐसे थोड़े ना चलेगा, मम्मी-पापा के पास पैरवी तो हम ही करेंगे। होली में दीदी भी आएगी, थोड़े टिप्स उनसे भी।'

इस बार ठीं-ठींवाली हँसी।

मैं फ़ौलादी सिंह बन खिड़की के सींखचे तोड़ अंदर पहुँच जाना चाहता था या मिस्टर इंडिया की तरह अदृश्य हो सीधे उनके पीछे।

'धीरज धरो नालायक।' दिमाग़ ने फिर नादान दिल को धरा, 'फल जब ख़ुद टूट कर गिरनेवाला हो, तो नीचे इंतज़ार करने में ही समझदारी है।'

अकाउंट में थैंक्स और स्माइल्स का धड़ाधड़ इज़ाफा हो रहा था। कभी-कभार उसे घर तक पहुँचाने के क्रम में कंधों पर हाथों की छुअन भी ज़ारी थी। बस प्रेम-पत्र की शक्ल में सेफ़ डिपॉज़िट की रसीद नहीं मिल रही थी। एक बार मम्मी ने उसे डिनर के लिए रोका, तो बड़ी अदा से मिताली की बग़ल में ठीक मेरे सामने बैठ गई और मटर का एक-एक दाना मुँह में ऐसे रखने लगी, जैसे मोती चुग रही हो। दिल्लीवाली लड़की है ना, लटके तो दिखाएगी ही। बाइक से नीचे उतरकर कीचड़ पार करती घर के अंदर ऐसे घुसती है, जैसे परी बादलों पर चल रही हो। मम्मी भी वैसे इस पर मिताली की बाक़ी सहेलियों से ज़्यादा मेहरबान रहती थीं। वरना और कोई इतना आता, ख़ासकर मेरे दोस्त, तो फेंककर मारती वो

जुमला, 'बाप ने कमी छोड़ी है क्या, जो अब बच्चों के दोस्तों की मेहमाननवाज़ी भी मढ़ दो मेरे सिर।'

मेरे सब्र की इंतिहा हो रही थी लेकिन मिताली से सीधे पूछने में बहुत रिस्क था। वैसे भी इससे बेहतर टावर चौक पर मुनादी करवा देना होता।

पीएमटी और सीबीएसई एंट्रेंस एग्ज़ाम्स हो गए, तो उसका घर आना भी बंद हो गया। मेरा दिमाग़ मुझे लगातार कोड़े मार रहा था, 'नालायक, तूने अपने सीपीटी के लिए जून की डेट फ़िक्स की थी, पढ़ेगा कब?'

'जुलाई-अगस्त देखते हैं, यहाँ का फ़्यूचर तो देखूं।' मैंने उसे चुप करा दिया।

साल का वह वक़्त आ गया था, जब हमारे मुहल्ले के घरों में या तो मिठाई बँटती है या मरघट का सन्नाटा पसरता है। मेरे घर में शांति थी, मिताली का रैंक थोड़ा बेहतर तो था लेकिन मिला उसे फिर से डेंटल ही।

'ले लो एडमिशन', पापा ऐसे बोले जैसे लूल्हे से शादी तय करा दी हो उसकी।

'और तेरी उस सहेली का क्या हुआ?' शाम ढले मैं थोड़ा दबे पाँव उसके कमरे में पहुँचा और कलेजे को मुँह में आने से रोकते हुए अपना रिज़ल्ट निकलने की राह देखने लगा।

'उसका क्या, गई वापस दिल्ली, वैसे भी पढ़ाई को लेकर कौन-सी सीरियस थी वह।' मिताली ने कंधे उचकाए।

'मतलब?'

'उसे तो कनाडा ही जाना था अपने जीजू के कज़न से सगाई करके। यहाँ टाइम पास ही तो कर रही थी ताकि दूर रहकर प्रेशर बनाए माँ-बाप पर। उसके पापा रेडी नहीं थे ना एक घर में दो बेटियों की शादी के लिए। मान गए लेकिन अब, ईयर एंड पर चली जाएगी मांट्रियल।'

'फिर उस दिन वो सब, तुम लोगों की बातें जो..', मैं चिल्लाना चाहता था। मजनूँ टाइप कुछ हरकत करना चाहता था लेकिन मेरे कैलकुलेटिव दिमाग़ ने सिचुएशन कन्ट्रोल कर ली।

छोटे शहर में दो होनहार बहनों के बीच ग़लती से जन्मे भाई को उस दिन लड़कियों के बारे में बेहद ज़रूरी जानकारी मिली। लड़कों की बिरादरी में तो दोस्त की बहन को बहन समझने का नियम है लेकिन लड़कियों के लिए दोस्त का भाई एकतरफ़ा इश्क़ के शौक़ पूरे करने का रिस्क फ़्री तरीक़ा है। ऐसा केक है, जिसे एक ही साथ खाया भी जा सकता है और सामने रखकर घूरा भी जा सकता है।

उसके आगे कहानी नहीं ज़िंदगानी है बस। सीपीटी मैंने नवंबर में निकाला, दिल्ली उसके अगले साल पहुँचा। बहुत एड़ियां घिसीं लेकिन पापा के तानों की याद ने कभी हिम्मत नहीं हारने दिया। विकास मार्ग पर मेरी फ़र्म अच्छी चल गई है। मौक़ा मिले तो आइएगा। मौसमी दीदी ने एमबीबीएस के बाद ही शादी कर ली और आजकल ह्यूस्टन में अपने इंजीनियर पति और दो बच्चों को संभाल रही हैं। मिताली ने भी क्लीनिक खोलने का आइडिया छोड़ा और आजकल चंडीगढ़ के एक डेंटल कॉलेज में पढ़ा रही है ताकि नौकरी के साथ घर का ध्यान भी रख पाए। दिल्ली पहुँचने पर वैसे भी मुझे कभी इश्क़बाज़ी का टाइम नहीं मिला इसलिए 'प्रज्ञा' को पसंद करने माँ और मिताली ही गए थे।

प्रज्ञा, मेरी पत्नी! चाय का कप हाथ में पकड़े जाने कब से मेरा अटेंशन हासिल करने के इंतज़ार में खड़ी है। मैं बड़ी देर तक उसे निर्निमेष देखता रहा। बारह वर्षों का साथ है, पलक झपकते ही समझ गई कि उसे निहारा नहीं जा रहा, मैं अब भी अपने ख़यालों में हूँ।

'कुछ अलग लग रही हो।' उसकी त्यौरियां चढ़ने के पहले ही मैंने लीपा-पोती की पहल की।

'अच्छा? तुमने नोटिस किया?' उसका व्यंग्य अब मेरे ऊपर तेल की तरह फिसल जाता है। पक्का पति बन गया हूँ।

'ये आँखों पर..', मैंने फिर कोशिश की।

'टरकॉइज़ आई लाइनर है, मेरी ड्रेस का मैचिंग। जाने दो, तुम्हारे पल्ले नहीं पड़ेगा, तुम बस नंबर भरो अपनी एक्सेल शीट में।'

जाने क्यों, बरसों बाद आह निकल गई। 'जो कशिश काले रंग के आई लाइनर में है, वो किसी और रंग में कहाँ!' मैं कहना चाहता था लेकिन मैंने चाय का एक घूंट लेकर आँखें बंद कर लीं। ऐसे मौक़े पर मैं परमहंस हो जाता हूँ। वैसे भी प्रज्ञा को कहाँ पता, एक समय मैं मॉव और मैजेंटा में भी फ़र्क़ कर लिया करता था।

वह एक दिन

बुरी तरह काँपती टाँगें एक भी क़दम बढ़ाने से इनकार कर रही हैं। दरवाज़े पर खड़ी माला की बदहवास आवाज़ थम गई है। दूसरे दरवाज़े पर खड़ा नेपाली नौकर विस्फरित आँखों से सब समझने की कोशिश कर रहा है। लॉबी की इस निस्तब्ध शांति का हाहाकार उनको लीले जा रहा है। जिस एक दिन की अवश आशंका नौ महीने से एक क्षण को उनको न छोड़ रही थी, वह अगर ऐसे ही आना था तो...

•••

बरसाती पानी से बजबजाती गलियाँ नालियों से एकाकार हो गई थीं। बाहर एक-एक टपकती बूंद के साथ बादल अब अपना रहा-सहा ज़ोर से निचोड़ रहे थे और अंदर जून की उमस में चाय का ग्लास पकड़े उनके कांपते हाथ पसीने से सराबोर हो रहे थे।

'चाची!' किशोर शायद बड़ी देर से खड़ा था सामने या शायद अभी-अभी आया।

'संजू भैया का फ़ोन आया था, दिल्ली पहुँच गए हैं। दोपहर तक पटना भी आ जाएंगे। पटना में गाड़ी का इंतज़ाम हो गया है। मुन्ना शाम तक कलकत्ता उतरेगा। सुबह तक ही पहुंच पाएगा। आप एक बार घर हो आते तो... बबली दी, जीजाजी पहुंचनेवाले हैं घंटे भर में।'

इस बार आँखों से टपकती बूंद को चाय के ग्लास तक पहुँचने से रोक नहीं पाईं वह। तीसरा दिन है आज। ना बच्चे अपने घरौंदों से यहाँ तक की दूरी तय कर पाए हैं, ना वह ही शीशे से उस पार बिस्तर तक दस क़दम का फ़ासला तय कर पाई हैं। दिन, घंटे, मिनट सब जैसे एक वृत्त में बंध शून्य में अटक गए हैं और आरबी मेमोरियल के आईसीयू के बाहर सहमे खड़े हैं उनके साथ। ना दिमाग़ काम कर रहा है, ना शरीर। किशोर एक टांग पर खड़ा सब संभाल रहा है।

'लकवा बता रहे हैं डॉक्टर साहब और साथ में हार्ट अटैक भी है... एक बार भी होश आ जाता तो...'

कहाँ अलग थी वह शाम ठहरी हुई बाक़ी शामों से? तीन दिन से रुक-रुककर बारिश हो रही थी। उस दिन साथ में हवा भी चलने लगी, तो मौसम एकाएक बहुत ठंडा हो गया था। मना करती रह गई, पर फिर भी निकल गए छतरी लेकर टहलने शाम को किशोर के पापा के साथ, 'अब इतनी बरसात भी नहीं हुई कि जनानी बनकर घर ही बैठ जाएँ।' उम्र के साथ-साथ बोली इतनी कड़वी होती जा रही है इनकी कि आगे कुछ बोलने का मन ही नहीं हुआ।

बारिश तेज़ नहीं थी लेकिन सड़क किनारे चलते-चलते तेज़ी से आती एक गाड़ी ने उछाल दिया ढेर सारा कीचड़वाला पानी। दस ही मिनट में खिसियाए-से घर लौटे और सीधे घुस गए बाथरूम में नहाने। बिजली थी नहीं, गैस पर भी पानी गर्म करने का मौक़ा नहीं दिया। तब तक भी तो एकदम ठीक थे। रात खाना खाते समय जाने क्या हुआ, हाथ से कौर छूटा और बैठे-बैठे ही लेट गए पीछे की ओर, मुँह खुला-का-खुला। घबराहट में हाथ ना बिना बटनवाले काले मोबाइल तक पहुँचा, ना लैंडलाइन तक। बिना चप्पल, बिना

छतरी भागी गईं किशोर के घर। कुछ बोलने की ज़रूरत ही नहीं पड़ी, उन्हें देखते ही खाना छोड़ दौड़े दोनों बाप-बेटा।

•••

अस्पताल क्या शहर है पूरा? कुछ-कुछ उस होटल-सा, जहाँ लास वेगास में ठहराया था मुन्ना ने, जब पहली बार अमेरिका गए थे सात-आठ साल पहले। यहाँ भी खो जाने का वैसा ही डर लगता है, जैसे वहाँ लगा था। लिफ़्टवाली गली के सामने खड़ा कर बबली दवा लाने गई है। दोनों ओर पेड़ के आकार की तीस-तीस फुट ऊँची नक्काशीदार जालियां बनी हैं। अंदर मद्धम रोशनी जल रही है, बाहर जालियों पर मन्नतों की हज़ारों लाल डोरियां बंधी हैं, जाने किन-किन सांसों की छूटती डोर को थामने के लिए। इसके अलावा कोई मंदिर, कोई मूर्ति, कोई तस्वीर नहीं है यहाँ। बस आप्त दिलों को ठहराव देने के लिए सुखद-सी शांति। इस जगह चुपचाप खड़े रहना सुकून बहुत देता है लेकिन हाथ बढ़ाकर एक डोरी बांधने की हिम्मत नहीं होती। गुड़गांव आकर समय का वृत्त थोड़ा और बड़ा ज़रूर हो गया है लेकिन अब भी वैसे ही उनके चारों ओर निरर्थक-सा घूम रहा है। चार दिन से आते-जाते हर किसी के चेहरे को पढ़ने की कोशिश कर रही है। बेटों के तनाव से खिंचे-खिंचे चेहरे कुछ भनक नहीं लगने देते। बेटी की छलकती आँखें कलेजा मथती रहती हैं। तीनों बस बार-बार कंधे पकड़कर सहला जाते हैं उनके, 'सब ठीक हो जाएगा मम्मी, तुम बस हिम्मत रखो।'

डॉक्टर पूरे परिवार से बात करना चाहते हैं एक बार। मुन्ना चाहता है, माँ यहीं रह जाए लेकिन वह बबली का हाथ पकड़े हठी बच्चे की तरह सबके साथ चलती हैं। डॉक्टर धाराप्रवाह बोल रहे हैं, ब्लड प्रेशर और क्रॉनिक डायबिटीज़ के पुराने कॉम्प्लिकेशन्स, उस पर पैरालिसिस, ब्लॉकेड 80% है लेकिन

ऑपरेशन करने का सवाल ही नहीं। एन्जियोप्लास्टी में भी रिस्क और जाने क्या-क्या। अंतिम वाक्य यों भी सब बातों का निचोड़ है, 'जितना वक़्त है उनके पास, उसे ख़ुशी-ख़ुशी बिताइए आप सब, एवरीवन हैज़ टू लेट गो ऑफ़ देयर पेरेंट्स एट सम प्वाइंट। ही माइट बी कपल वीक्स, इवन मंथ्स, दैट्स ऑल। यू डिसाइड वेयर ही स्पेंड्स दिस टाइम। आई कैन डिस्चार्ज हिम इन ए वीक।'

पूरा परिवार उनके चारों ओर इकट्ठा है। मुन्ना के ब्याह के बाद पहली बार दोनों बहुएं एक साथ हैं उनके सामने। इसके पहले जब भी आईं, अलग-अलग, बारी-बारी से। ख़ुद उनका मिलना-जुलना भले ही अमेरिका में साल-दो साल में एक बार हो जाता है। विभा कॉफ़ी का मग पकड़े सामने खड़ी है। उसे बताती है, पापाजी से मिलने छोटे मौसा आए हैं। उन्होंने एक नज़र देखा बड़ी बहू को। लाल चुस्त सलवार और हरे कुर्ते के ऊपर दुपट्टा भी डाल रखा है गले में। हाथों में एक-एक कड़ा भी है। विभा जानती है, बहुओं का यों नंगे हाथ रहना उन्हें सख़्त नापसंद है। शुरू-शुरू में इसे यों भी बड़े अनुशासन में रखा, छोटी के आने के साथ सब ढीला पड़ गया। मुन्ना भाभी के समय से ही इन सब नियमों के लिए माँ से लड़ता था। बीवी को तो उसने पहले ही दिन से बरज दिया था। बहुएं लेकिन इन बातों को लेकर उनसे सीधे उलझने से बचती हैं इसलिए रिश्तेदारों के सामने उनके सारे नियम चुपचाप ओढ़ लेती हैं अपने ऊपर। ये वक़्त यों भी इन बातों का नहीं है। बेटे प्रत्यक्ष में फ़ोन पर बारी-बारी से सारे रिश्तेदारों को डीटेल्स दे रहे। वे अपनी आँखें बंद कर लेती हैं। मुंदी पलकों के सामने फिर से अपना घर तैर जाता है। कीचड़ वाली सड़क पर टहलने जाना क्या होश में आख़िरी बार अपने घर से निकलना हो जाएगा उनके लिए?

सत्ताइसवें माले की बालकनी से सबकुछ अंतहीन-सा दिखता है। चारों ओर बन रहीं इमारतें हर रोज़ अपना क़द बढ़ा रही हैं लेकिन इस बिल्डिंग के सामने अब भी बौनी ही दिखती हैं। क्षितिज कहीं नज़र ही नहीं आता। आसमान छूने की अकुलाहट इतनी ज़्यादा है सबके अंदर कि आसमान भी डरता है यहाँ शायद धरती के पास आने से। ख़ाली-ख़ाली कमरों से चार बेडरूम का घर और भी बड़ा दिखता है। नए घर की गंध का अनमनापन उनके नथुनों को भर गया है। बिल्डिंगें अभी लगभग ख़ाली ही हैं। रोज़ ही बड़े ट्रक किसी-न-किसी का सामान लिए अंदर ज़रूर घुसते हैं। ऊपरवाले घर में काम चल रहा है, ठक-ठक, घिस-घिस की आवाज़ देर रात तक चलती रहती है। मुन्ना और जूही इसी घर के पोज़ेशन के लिए आनेवाले थे इस बार, जब पापा की ख़बर मिली उन्हें। अभी यहीं रहना फ़ाइनल किया है सबने चूंकि मेदांता भी यहाँ से दस मिनट की दूरी पर है। बालकनी से मुड़कर देखा उन्होंने, बबली जूही के साथ ड्रॉइंग रूम के फ़र्श पर गद्दे लगा रही थी। विभा चाय की ट्रे लेकर खड़ी थी सामने।

'चेयर यहीं ला दें मम्मी?'

'नहीं, अंदर ही चल लो। फ़ोन आया संजू का?'

'हाँ, सामान लोड हो गया है लेकिन ट्रक नौ बजे के बाद ही निकल पाएगा। आज भी रतजगा होनेवाला है।' वह हौले से हँसती है।

द्वारका में संजू-विभा का पुराना घर पाँच साल से बंद पड़ा है, जब से ये लोग न्यूयॉर्क शिफ़्ट हुए हैं। वहाँ का फ़र्नीचर लाकर तब तक काम चलाने की बात है। रसोई का सामान पहले ही आ गया है। पापा इनके परसों आ जाएंगे अस्पताल से। उनके कमरे में वैसे भी किराए पर मेडिकल बेड आएगा। इतने दिनों

के लिए इतना महंगा सामान ख़रीदने का सेंस नहीं बनता। वैसे भी जब बाद में उसका इस्तेमाल नहीं होना हो। मुन्ना, संजू दिन-रात दौड़-भाग करके इन कमरों को अस्थायी घर का आकार देने की कोशिश कर रहे हैं, जब तक सबके यहाँ रहने की ज़रूरत है। ये 'कब तक' एक ऐसा प्रश्न चिन्ह बनकर लटक गया है सबके ऊपर, जिसकी ओर ताकने में भी डर लगता है उनको। कितने दिन? कुछ हफ़्ते या एकाध महीने। उस समय क्या? उसके बाद क्या?

छोटे के डैने सबसे जल्दी मज़बूत हो गए थे, हमेशा ऊँची उड़ान भरने को आकुल। इंजीनियरिंग करने गया भी तो त्रिचि। फिर एमबीए के लिए सीधे अमेरिका। संजू को ज़रूर हमेशा मुड़-मुड़कर देखने के लिए पापा की ज़रूरत होती थी। कहता था, ऐसी किसी जगह नहीं जाऊँगा, जहाँ से हर छह महीने में माँ-पापा से मिल ना सकूँ। लेकिन वह भी चला गया। बदहवास भागते इस शहर में अपनी जड़ें मज़बूती से जमाने के लिए डॉलर की कमाई ज़रूरी हो गई कुछ बरसों के लिए, सो छोटे भाई के मज़बूत पंखों का सहारा लेकर वह भी उड़ गया।

संजू के दोस्त, बहुओं के मायकेवाले, बाक़ी रिश्तेदार, मिलने-जुलनेवालों का आना लगातार ज़ारी है। संजू के घर का सोफ़ा पापा के कमरे में लगा है। मुन्ना चाहता है, एक बढ़िया सोफ़ा ड्रॉइंग रूम के लिए ले आए। जूही पति को फुसफुसाकर बरज रही है। सारे कमरों में एसी पहले ही लगाए जा चुके हैं। अभी रजिस्ट्री में भी पैसे लगनेवाले हैं, इतने से दिनों के लिए इतनी लग्ज़री ज़रूरी है क्या? संजू दूसरे कमरे से भाई को आवाज़ लगा रहा है। मुन्ना एक हाथ दबा कर बीवी को चुप करा देता है और भाई से बात करने चला जाता है।

बग़ल के कमरे से बच्चों के हँसने की आवाज़ पूरे घर को गुंजा रही है। महीने भर से साथ रहते-रहते सबका बचपन लौट आया है फिर से। जूही क्या, विभा तक को कई नई-नई कहानियाँ सुनने को मिल रही हैं तीनों बहन-भाइयों के बचपन की। दरवाज़े पर खड़ी वह चुपचाप निहार रही हैं सबको। मन किया, सबको आकर यहीं पापा के कमरे में बैठने को कहें। फ़िज़ियोथेरेपिस्ट एक्सरसाइज़ करवाकर अभी-अभी गया है। पक्षाघात से एक ओर का चेहरा टेढ़ा हो गया, हाथ-पैर सब कांपने लगे बुरी तरह। वैसे अब सबको आराम से पहचानने लगे हैं। ध्यान से सुनने की कोशिश करो, तो लटपटाई-सी आवाज़ में पूरा वाक्य भी बोल लेते हैं। लेकिन ज़्यादातर चुपचाप निहारते रहते हैं सबको। फिर बात-बात पर रोने भी लगते हैं, असहज सन्नाटा पसर जाता है सब के बीच।

यों बच्चे दिन भर कमरे में आते-जाते रहते हैं। जूही पापाजी की दवाई का ध्यान रखती है। बबली और विभा दिन भर कुछ-न-कुछ बनाकर खिलाने के यत्न में रहती हैं। बेटे मिलकर उन्हें फ़्रेश करा देते हैं। शाश्वत, जिया, प्रणय को भी बारी-बारी से दादू से मिलाने लाते हैं। बस दामादजी बच्चों को लेकर वापस कोच्चि चले गए। उनके स्कूल जल्दी खुलते हैं। अमेरिकावाले बच्चों की छुट्टियां तो सितम्बर तक चलेंगी।

कल किचन से विभा किसी को तो फ़ोन से बता रही थी, 'टाइमिंग सही ही रही वैसे तो, सबकी छुट्टियां हैं अभी। सबको देख लिया एक बार साथ में पापाजी ने, अब आगे चाहे जित्ते दिन।'

किसी ने घंटी बजाई, हर किसी को बातों में व्यस्त देख वही पहुँची। सात-आठ साल की एक बच्ची थी, हिन्दी-अंग्रेज़ी मिलाकर उनसे पूछ रही थी कि इस घर में उसके खेलने लायक कोई है? उन्होंने जिया को आवाज़ दी।

'मॉम आई हैव ए प्ले डेट, कैन आई?'

माँ की सहमति मिलते ही बाहर भागी जिया। संजू ने टोका विभा को, कम-से-कम फ़्लैट का नंबर तो पूछ आओ जहाँ गई है। आगे बढ़कर वह ख़ुद ही देखने की कोशिश करती हैं लेकिन बच्चे लिफ़्ट में घुस गए हैं। दो मिनट बाद इंटरकॉम पर जिया का फ़ोन आता है, अपनी नई सहेली के घर का नंबर बताने के लिए।

...

घर में आज बहुत हलचल है। मुन्ना प्रोफ़ेशनल फ़ोटोग्राफ़र बुला लाया है। अभी सब साथ हैं। फिर जाने किस मौक़े पर मिलना हो सबका। पूरे परिवार के हँसते-खेलते पोर्ट्रेट अच्छे लगेंगे बाद की यादों के लिए। बबली कल चली जाएगी और अगले हफ़्ते जूही और मुन्ना। संजू का टिकट दस दिन बाद का है। बच्चों की छुट्टियां ख़त्म होने तक विभा यहीं रहेगी। फिर उसके जाने के पहले जूही नवम्बर तक के लिए अकेली ही वापस लौट आएगी। फिर दिसम्बर में मुन्ना। वह क्रम याद रखने की कोशिश कर रही हैं। जब तक ज़रूरत है, कोई-न-कोई रहेगा यहाँ मम्मी के साथ। बीच में कुछ हुआ, तो बबली तो है ही, दिल्ली आने में ज़्यादा वक़्त थोड़े ही लगता है।

जिया सबसे ज़्यादा चहक रही है। दादू के कमरे में बैलून लगा दिए गए हैं। दादू को चियर अप करने के लिए शाश्वत ने उन्हें शिकागो बुल्स की कैप भी पहना दी है। सबके साथवाले कुछ फ़ोटो इनके कमरे में, बाक़ी लिविंग रूम में, बालकनी में। सबकी पेयर फ़ोटो, बहन-भाइयों की साथ में, कज़िन्स की, बेटी-बहुओं के साथ मॉं की। शाम तक चलता रहा सब, फिर बबली को शॉपिंग जाना था भाभियों के साथ एंबिएंस मॉल। थकी-हारी कमरे में लौटीं, तो ख़याल आया, आज दोपहर बाद की दवा तो रह ही गई इनकी।

जाने से पहले मुन्ना उनका पासपोर्ट मांग रहा है। रिन्युअल ज़रूरी है फिर लॉन्ग टर्म वीज़ा के ऑप्शन्स भी देखने हैं। यहाँ का सब निबट जाए फिर माँ को साथ लेकर जाना होगा। ये सब बातें अब सहजता से की जाने लगी हैं। उस एक दिन के बाद की सारी तैयारियां मुकम्मल हो रही हैं धीरे-धीरे। बस उस एक दिन की बात कोई नहीं करना चाहता। बस उस एक दिन का डर एक क्षण भी नहीं जाता उनके दिल से।

सबके जाते ही विभा अनमनी हो गई है थोड़ी। मेहमानों का आना-जाना अब लगभग बंद है। मरीज़ के लिए दिन भर का एक अटेंडेंट पहले ही लगा दिया था। दवाइयों का टाइमटेबल उन्होंने याद कर लिया है। विभा दिन भर किचन और बच्चों में व्यस्त रहना चाहती है। बीच-बीच में बच्चों को लेकर बाहर निकल जाती है आउटिंग पर फिर फ़ोन, लैपटॉप, चैटिंग। पिता के जाते ही शाश्वत भी चिड़चिड़ करने लगा है ज़्यादा। बस जिया की सहेलियां हर रोज़ बनती जा रही हैं।

जाने की तैयारियां हफ़्ते भर पहले से शुरू कर दी है विभा ने। जूही का फ़ोन आया है उसे, अगल-बगल से बात कर क्या एक नैनी मिल सकती है प्रणय के लिए। इतनी सारी रिस्पॉन्सिबिलीटीज़ के बीच दो साल के बच्चे को अकेले संभालने में उसे बड़ी प्रॉब्लम आएगी।

जाने के पहले जिया बड़ा-सा ग्लोब रख गई थी दादी के लिए, शहरों के ऊपर सबकी फ़ोटो काटकर भी चिपका गई। दरभंगा में दादू की, न्यूयॉर्क में पापा की, सैन फ्रांसिस्को में चाचू की और कोच्चि में बुआ की। उंगलियों को एक के बाद एक रखकर दूरियां नापने की कोशिश करती हैं वह लेकिन अक्सर गिनती बीच में ही गड़बड़ा जाती है।

जूही प्रणय को लेकर डॉक्टर के पास गई है। बालकनी से शाम की उदासी के साथ कोहरे की हल्की-सी चादर भी अंदर चली आई है। वह कैलेंडर पर नज़रें जमा देती हैं, मुन्ना के आने में अभी एक हफ़्ता और है।

...

नौ महीनों में इस घर में हर जगह से हर जगह के लिए क़दमों की गिनती रट गई है उन्हें। सर्दी जाने क्यों देर से आई इस बार और जाने का नाम ही नहीं ले रही। नीरसता की थकान जैसे उनके चेहरे की हर झुर्री पर तिर आई है। ना इस घर का अजनबीपन दूर होता है, ना इस शहर का। उनकी इस हालत से बेपरवाह दिन, हफ़्ते, महीने बस निकले जा रहे हैं। दरवाज़े पर घंटों खड़े रहकर भी बस चेहरों से पहचान हो पाई है। नामों के साथ उनको जोड़ पाना अब भी मुश्किल है, बाई, दूधवाले और अटेंडेंट के अलावा। इनका चिड़चिड़ापन भी बढ़ता जा रहा है दिन-ब-दिन। बीमारी से ज़्यादा मिज़ाज संभालने में टूटने लगी हैं वह। बस अपने घर जाने की ज़िद। किशोर के पापा को फ़ोन लगाने को बोलते हैं फिर बात होते ही रोने लगते हैं। किशोर की मां आश्वासन देती हैं, अगले महीने किशोर आएगा दिल्ली, तो उसके पापा को भेजने की कोशिश करेंगी। हो सका, तो साथ में ख़ुद भी आ जाएंगी। टिकट होने पर वह बता देंगी पक्की तारीख़, यहाँ से अगर कुछ मंगाना हो तो।

मुन्ना जाने से पहले की ज़रूरी चीज़ें जल्दी-जल्दी निबटा रहा है। सारे ज़रूरी नंबर फिर से लिखकर पापा के दरवाज़े पर चिपका दिए हैं। फ़ोन के फ़ास्ट डायल पर भी वही नंबर डालकर उन्हें समझा रहा है, जो जूही वैसे भी अपने जाने के पहले कर गई थी। संजू का फ़ोन आया है, उसका प्रोजेक्ट ख़त्म होने में हफ़्ता-दस दिन अभी और लगेंगे। मुन्ना अगर उतने दिन अपना स्टे और बढ़ा

पाता तो? मुन्ना झल्ला गया है। उसने बेंगलुरु की फ़्लाइट बुक करा रखी है। हाउसिंग में वहाँ इन्वेस्टमेंट के बड़े अच्छे ऑप्शन्स हैं। जाने से पहले एक बार एक्सप्लोर करना चाहता था। फिर वहीं से वापसी का टिकट है। बहन को फ़ोन मिलाकर पूछा उसने। फ़रवरी का आख़िरी हफ़्ता है, बच्चों के फ़ाइनल्स चल रहे हैं, जीजाजी अब भी शिप पर ही हैं। अगर हफ़्ता और रुक सकता तो? वह माँ के सामने खड़ा है, परेशान-सा।

अब फ़ैसला लेने की ज़िम्मेदारी उन्हें ही उठानी पड़ेगी। कामवाली माला से बात हो गई है, तब तक रात को रुक जाया करेगी वह। तीन सौ रुपए रात फ़ी पर। जाते-जाते मुन्ना बड़ी देर तक हाथ पकड़कर बैठा रहा, फिर लिपट गया माँ से, जाने कितने बरस बाद।

• • •

जाती हुई ठंड भी जैसे छोटे बच्चे की तरह आँचल से लिपट गई है। दिन भर बादल उमड़ते रहे। आँखें भी जाने क्यों आज बरसने-बरसने को हो रही हैं। तीन दिन से ना संजू का फ़ोन आया है, ना बबली का। मुन्ना ने फ़ोन किया बस बेंगलुरु से, वापसी की फ़्लाइट बोर्ड करने के पहले। रात की दवाई देकर अटेंडेंट चला गया। माला अभी आती ही होगी बारहवें माले पर रात का खाना बनाने के बाद।

फागुन की बारिश पहले कहाँ हड्डियों को ऐसे कंपानेवाली होती थी। शॉल कसकर लपेट वह खिड़की-दरवाज़े चेक करने गई। घर के एक चक्कर में पैर थकने लगे हैं अब। बड़ी बालकनी का दरवाज़ा खुला रह गया है। बाहर तौलिया भी लटका रह गया है। उठाने के क्रम में फ़ोन गिर गया हाथ से। फिर दरवाज़ा ऐसे अटक गया कि बड़ी मेहनत से बंद हो पाया।

बेडरूम से अजीब-सी आवाज़ आ रही है। अभी-अभी तो सो रहे थे, देखकर तो आई थीं। वहाँ पहुँचने से पहले ही हाथ पसीने से तर हो गए। दोनों हाथों से छाती पकड़े गों-गों-सी आवाज़ निकाल रहे हैं। आँखें जैसे पथरा रही हैं। उनके पास पहुँचकर ज़ोर-ज़ोर से छाती सहलाती हैं, फिर लगभग चिल्ला पड़ती हैं, क्या ज़्यादा दर्द हो रहा है? बस एक मिनट रुक जाइए, फ़ोन हाथ में उठाया। धुंधली आँखों के सामने सारे नंबर गड्डमड्डु हो गए हैं जैसे। अस्पताल के इमरजेंसी नंबर पर कॉल नहीं गई। इंटरकॉम की ओर भागीं, बारहवें माले पर कौन-सा नंबर बताया था माला ने? बाहर शायद किसी के क़दमों की आहट सुनाई दे रही है। फ़ोन छोड़ वह बाहर दौड़ीं। आहटें शायद लिफ़्ट में घुसकर बंद हो गईं। उनके गले से आवाज़ ही नहीं निकल रही। सामनेवाले फ़्लैट की ओर दौड़ीं। नौकर ने दरवाज़ा खोला, वह उनकी ओर आश्चर्य से देख रहा है, यहाँ तो जापानी साहब रहते हैं, अभी तक वापस नहीं आए।

माला घर आ गई है, उनका फ़ोन हाथ में लिए बदहवास-सी आवाज़ दे रही है लेकिन वापसी के क़दमों में जैसे ज़ंजीरें पड़ गई हैं। दरवाज़े के अंदर पैर नहीं बढ़ रहे। अंदर कमरे से गों-गों की आवाज़ आनी भी बंद हो गई है। बस लॉबी की अभेद शांति उनके चारों ओर हाहाकार कर रही है।

•••